Edgar Wallace

Nacherzählt von Alex Barclay

Das Silberne Dreieck

Band 3: Der Tote im Park

Edgar Wallace

Nacherzählt
von Alex Barclay

Das Silberne Dreieck
und
Der Tote im Park

C. Bertelsmann Jugendbuch

/ 5 4 3 2 1
Bearbeitet von Alex Barclay
Einbandgestaltung: Klaus Renner unter Verwendung
einer Illustration von Charlotte Panowsky
Gesamtherstellung Mohndruck Graphische Betriebe GmbH, Gütersloh
ISBN 3-570-08353-5 · Printed in Germany

1. Kapitel
Der Mann aus Dartmoor

Der Mann und die junge Frau trafen sich seit drei Wochen regelmäßig in einem kleinen schummerigen Lokal im Paddington-Bezirk von London, ganz in der Nähe des Hydeparks. Zuvor hatten sie sich vier Jahre und zwei Monate nicht gesehen.

Weder der Wirt noch die Gäste in dem kleinen Lokal, das »Norfolk Inn« hieß, kannten den Mann oder die Frau. Meistens war der Mann vor der Frau da. Und er kam mit dem Taxi. Wahrscheinlich kam die Frau mit ihrem eigenen Auto. So sah sie aus: hübsch und zumindest wohlhabend. Aber sie gab sich Mühe, nicht unnötig Aufmerksamkeit auf sich zu lenken. Sie hatte ihr goldenes Haar zu einer einfachen, straffen Frisur gekämmt. Sie trug keinen Pelz, obwohl es nachts kalt wurde und sie sich zweifellos einen Pelz hätte leisten können. Wenn sie kam, redete sie mit niemandem, ging gleich zu dem kleinen Tischchen in der hinteren Nische, dort, wo so oft Liebespärchen Händchen hielten und einander tief in die Augen sahen. Dort hinten war es nahezu dunkel, wenn man die Kerze auf dem kleinen Tisch ausblies, und dagegen hatte der Wirt nichts einzuwenden.

Der Mann gab dem Wirt noch mehr Rätsel auf als die Frau. Er trank ziemlich viel Scotch, ohne Wasser. Er war ein großgewachsener, gutaussehender Mann. Er schien immer aufgeräumt, lachte viel, scherzte mit der Frau, kniff sie liebevoll in die Wange, und wenn sie verzweifelt schien, drückte er sie schnell an sich.

Das auffälligste an dem Mann war seine ungesunde fahle Gesichtshaut und die stoppeligen Haare auf seinem

Schädel, die er unter einem schwarzen Hut verborgen hielt. Nur einmal, aus Versehen wahrscheinlich, nahm er ihn ab, und der Wirt bemerkte die Stoppeln. Schnell setzte der Mann den Hut wieder auf, ging quer durch das Lokal zur kleinen Nische und hängte seinen schwarzen, modischen Mantel über die Stuhllehne, bevor er es sich bequem machte. Der Mann trug darunter einen maßgeschneiderten Anzug mit Nadelstreifen, Hemd und Krawatte und ein paar feine, rahmengenähte Lederschuhe, die mit äußerster Sorgfalt gepflegt zu sein schienen.

Der Wirt brauchte nicht mehr zu fragen, was der Mann zu trinken wünschte. Er brachte ihm den Scotch, und der Mann bezahlte immer gleich auch für den zweiten, den er noch trank, bevor die Frau kam. Wenn sie kam, bemühte er sich, weniger zu trinken. Entweder wollte er vor ihr sein kleines Laster verbergen, oder er tat ihr einen Gefallen.

Betrunken war er nie, wenn sie zusammen weggingen. Ab und zu, wenn gerade nichts zu tun war, blickte ihnen der Wirt durchs Fenster nach, wie sie die schmale Straße hinuntergingen, eng umschlungen wie jedes andere Liebespaar. Wahrscheinlich gingen sie hinunter zum Hydepark, setzten sich dort auf eine Bank und beguckten in romantischer Andacht die Sterne. Der Wirt wußte das natürlich nicht sicher. Der Wirt wußte überhaupt nichts. Aber er machte sich einen Reim.

Dienstag und Donnerstag war es, wenn sie sich trafen.

Seit drei Wochen regelmäßig.

Der Wirt fragte sich, wie lange es dauern würde. Die beiden waren angenehme Gäste. Viel verdiente er zwar nicht an ihnen, nicht soviel wie zum Beispiel an Buddy Jones, der sich regelmäßig jeden Abend betrank. Aber irgendwie hatte sich der Wirt schon an den Mann und die Frau gewöhnt, und wären sie an diesem Dienstag nicht gekommen, hätte er sich zumindest Gedanken gemacht.

Der Mann hieß Bernard Slane.

Vier Jahre und zwei Monate hatte er in Dartmoor verbracht, und Dartmoor war kein Ferienparadies!

Es gab Leute, die behaupteten, Dartmoor sei eine Filiale des Teufels, sozusagen ein kleines Nebengeschäft der Hölle, wo es leicht war, schwärzeste Seelen aufzutreiben. Tatsächlich war Dartmoor ein Gefängnis, das vor einer Ewigkeit gebaut worden war, mit schmutzigen grauen Mauern, Stacheldrähten, rostigen Gittern, Eisentüren, Wachtürmen und kahlen Zellen, in denen Männer dumpf vor sich hin brütend darauf warteten, daß eines Tages die Tür geöffnet würde und man sie herausholte, entweder in die Freiheit oder hinüber zum kleinen Hof, wo der Galgen stand.

Nein, wer vier Jahre und zwei Monate in Dartmoor verbracht hatte, wollte so schnell nicht wieder dorthin zurückkehren.

»Du machst dir unnötig Sorgen«, sagte der Mann deshalb an diesem Dienstagabend, während er die Hand der hübschen jungen Frau drückte.

Die Kerze auf dem Tisch brannte, und der zuckende Flammenschein beleuchtete das schmale, scharfgeschnittene Gesicht von Bernard Slane. Eigentlich meinte er es ehrlich. Nie mehr wollte er sich dazu überreden lassen, ein Verbrechen zu begehen. Kein Plan konnte gut genug sein, kein Coup so verlockend, als daß er nicht mit leichtem Herzen hätte nein sagen können. Er war älter geworden in Dartmoor, und – was nicht einmal die Experten erwartet hätten – auch vernünftiger. Sein Hitzkopf hatte sich abgekühlt, und er wollte nicht mehr versuchen, mit ihm gegen Mauern zu laufen. Er hatte gelernt, seinen Verstand zu gebrauchen, und er wußte jetzt, daß Verbrechen sich nicht bezahlt machten. Man hatte ihn bestraft, und das war gut so. Jetzt würde er ein besseres Leben leben. Jetzt würde er die Gesetze befolgen und niemandem mehr ein Leid antun.

Das hatte er sich geschworen am Tag, als das große Gittertor sich öffnete und er gehen konnte, wohin er wollte.

»Wir werden heiraten«, sagte Bernard Slane an diesem Dienstagabend, und als er sah, daß ihr eine Träne über die Wange lief, blies er die Kerze aus. »Mach dir keine Sorgen«, flüsterte er eindringlich. »Ich werde eine Arbeit finden, so daß ich eine Familie ernähren kann. Und ich werde gut zu dir sein und zu unseren Kindern.«

Die Frau sagte nichts. Mit einem Spitzentüchlein tupfte sie sich die Tränen vom Gesicht. Sie war eine schöne Frau, mit glatten feinen Gesichtszügen und tiefen dunkelbraunen Augen, die einen eigenartigen Kontrast zu ihren blonden Haaren bildeten.

»Ich wünschte, wir könnten uns öfter sehen«, sagte Bernard Slane. »Hast du ihm noch nicht gesagt, daß wir uns treffen?«

»Nein. Noch nicht.« Die Frau lehnte ihren Kopf gegen seine Schulter.

»Hast du Angst vor ihm?«

»Nein. Er ist ein guter Mann.«

»Daran zweifle ich nicht.« Für einen Moment klang leiser Spott in seiner Stimme, die Frau hörte es deutlich, und es tat ihr weh, wenn er so war, so herablassend und spöttisch.

»Er trinkt nicht, nicht wahr?« fragte er.

Sie holte tief Luft, aber sie gab ihm keine Antwort. Er dachte daran, noch einen Scotch zu bestellen, aber das tat er nicht. Statt dessen nahm er eine Schachtel Players aus seiner Anzugjacke. »Ich wollte dir nicht weh tun«, sagte er. »Dein Vater ist ein guter Mann. Ich verstehe, daß er sich Sorgen macht um deine Zukunft. Trotzdem wirst du ihm einmal sagen müssen, daß wir uns treffen.«

»Er weiß noch nicht einmal, daß du entlassen worden bist«, erwiderte die Frau leise.

Bernard Slane zündete eine Zigarette an.

»Er schuldet mir Geld«, sagte er, nachdem er die Flamme ausgeblasen hatte. Er nahm einen Zug von der Zigarette und blies den Rauch zur gewölbten Decke der kleinen Nische hoch.

»Er hat kein Geld«, sagte die Frau, und jetzt klang ihre Stimme hart. »Seine Frau hat das Geld verbraucht. Bis auf den letzten Penny. Jetzt hat er kein Geld mehr. Es fällt ihm sogar schwer, sich über Wasser zu halten. Das Geschäft läuft schlecht. Es ist eine schlimme Zeit für alle.«

»Und deine Kleider? Wer hat dir die Kleider gekauft und alles? Du machst nicht den Eindruck, als ob es dir schlechtginge.«

»Du weißt, daß ich einen Beruf habe! Ich verdiene mein eigenes Geld!« Sie löste sich von ihm. »Das habe ich früh gelernt, Bernard. Meine Mutter hat das immer zu mir gesagt, als sie noch lebte. Sei tüchtig in der Schule, hat sie gesagt, und lerne einen guten Beruf, damit du einmal von niemandem abhängig bist.«

»Wie sie es war?«

»Ja. Sie hatte keinen Beruf. Nichts. Vater hat sie geheiratet, als sie achtzehn war. Damals ging seine Praxis gut. Damals war er ein angesehener Arzt und einer der bekanntesten Chirurgen Londons. Die Eltern meiner Mutter wollten nur eine gute Partie für ihre Tochter. Alles andere war ihnen egal. So hat Mutter geheiratet, und sie hatte insofern Glück, daß Vater gut für sie sorgte, bis sie krank wurde und starb.«

»Und du hast dir zu Herzen genommen, was sie gesagt hat?«

»Ja. Ich ging zur Schule, und ich sah zu, daß ich vorankam. Nach der Schule arbeitete ich, um Geld für mein späteres Studium aufzubringen. Jetzt habe ich ein gutes Auskommen, Bernard, und ich bin auf niemand angewiesen.«

»Trotzdem möchte ich für dich sorgen. Ich habe die ganze Woche nach einem Job gesucht. Von Pontius bis Pilatus bin ich gelaufen. Ohne Erfolg. Wir haben zu viele Arbeitslose in London. Wenn es so weitergeht, ziehe ich nach Wales und versuche, als Kumpel in einer Kohlengrube angeheuert zu werden.«

Jetzt lächelte sie, aber sein Gesicht blieb ernst.

»Glaube mir, ich meine es wirklich«, sagte er.

Sie nickte. »Ich glaube dir«, sagte sie, und er küßte sie ganz sanft aufs Ohr. Irgendwann verließen sie das kleine Lokal und spazierten durch die Nacht hinunter zum Hydepark. Es war kalt. November. Nebel kroch durch die Stadt, und es war niemand auf der Straße. Die Parkbänke standen im nassen Laub. An den kahlen Bäumen glitzerte Rauhreif. Nicht einmal Verliebte trafen sich in einer solchen Nacht im Park.

Bernard Slane wischte sich den Lippenstift vom Mund. Er schlenderte die Bayswater Street entlang, nördlich des Hydeparks. Die Bayswater Street war eine der Hauptverkehrsstraßen Londons, aber es war jetzt etwa elf Uhr in der Nacht, und nur ab und zu fuhr ein Auto langsam auf dem glitschigen schwarzen Asphalt vorbei.

Bernard Slane hatte kein Taxi gerufen. Er rechnete damit, daß ihm unterwegs eines begegnen würde, und so schaute er sich immer um, wenn er Motorengeräusch hörte, das sich ihm von hinten näherte.

An der Ecke Albion Street blickte er auf die Uhr. Er hatte richtig geschätzt. Fünf Minuten nach elf. Bernard Slane überlegte sich, wo er noch schnell für einen Drink einkehren konnte. Er kannte einige Lokale an der Regent Street am Rande von Soho. Viel Geld hatte er zwar nicht mehr in der Tasche, aber für zwei, drei Whiskys reichte es bestimmt noch.

Bernard Slane dachte kurz nach, daß er ihr versprochen hatte, gleich heimzugehen. Vier Jahre und zwei Monate hatte er nichts trinken dürfen außer dünnem Kaffee, und der schmeckte wie Wasser aus einem Fischteich. Warum nur wollte sie nicht verstehen, daß er ab und zu einen Scotch brauchte? Ein bißchen Alkohol half ihm, leichter mit allem fertig zu werden und einige Dinge aus der Vergangenheit zu vergessen.

Einmal war er ein reicher Makler gewesen. Einmal war die ganze Welt genauso in Ordnung gewesen für ihn wie für ihren Vater. Aber die Wettleidenschaft hatte ihn in den Ruin getrieben.

Das war alles lange her. Manchmal war ihm, als hätte er ein neues Leben angefangen. Manchmal schien es, als wäre seine Vergangenheit etwas, was er nur geträumt hatte und was nicht wirklich geschehen war. Jetzt hatte er noch einmal eine Chance, und die wollte er nicht vertun. Jetzt war er auf einer anderen Welt ein anderer Mensch.

Motorengeräusch schreckte Bernard Slane aus seinen Gedanken. Der grelle Lichtkegel eines Suchscheinwerfers traf ihn und verlöschte. Aus den Nebelschleiern tauchte ein dunkles Auto auf, schemenhaft wie ein buckliges Monster. Das Auto fuhr dicht an den Bürgersteig heran, und jetzt konnte Bernard Slane sehen, daß es sich um einen Streifenwagen der Paddington-Polizei handelte.

Der Polizist neben dem Fahrer kurbelte das Seitenfenster herunter. Er hatte ein rundes, glattrasiertes Gesicht mit engstehenden kleinen Augen.

»Alles in Ordnung, Sir?« fragte er.

Bernard Slane lächelte, obwohl er innerlich völlig durcheinander war. »Ich hoffe, daß bald ein Taxi des Weges kommt«, sagte er.

»Wohin wollen Sie?«

»Nach Hause«, sagte Bernard Slane. »Ich wohne in der City.«

»Well, dann viel Glück.« Der Polizist lehnte sich wieder zurück, und während der Streifenwagen beschleunigte, kurbelte er das Fenster hoch.

Bernard Slane blieb stehen und holte erst einmal tief Luft. Allmählich wurde er ruhiger, und er fragte sich, wie lange es dauern würde, bis er nicht mehr durchdrehte, wenn er einem Polizisten begegnete oder auch nur einen Streifenwagen sah. Auf dem Kerbholz hatte er nichts. Gemeldet war er, so wie man es ihm aufgetragen hatte, und an diesem Abend hatte er noch nicht einmal soviel getrunken, daß er sich duselig gefühlt hätte.

Der Streifenwagen war im Nebel verschwunden, als irgendwo eine Kirchturmuhr elfmal anschlug. Die Klänge hallten gedämpft durch die Nacht. Bernard zählte mit, während er weiterging, den Hut tief in die Stirn gedrückt und den Mantelkragen hochgeschlagen. An der Park Lane, einer breiten Straße, die am östlichen Rand des Hydeparks entlangführte, würde er schnell ein Taxi auftreiben können, da dort mehr Verkehr war.

Der Marbel Arch, ein mächtiger alter Torbogen im Stil des römischen Konstantinbogens, ragte von Scheinwerfern beleuchtet aus den Nebelschleiern. Einmal, so wußte Bernard Slane, hätte dieses Tor der Eingang zum Königspalast werden sollen, aber dann hatte man festgestellt, daß die mittlere Durchfahrt zu schmal war für die Staatskarossen, und so hatte man dieses klotzige Gebilde einfach hier an der Nordostecke des Parkes hingestellt. Etwas davon entfernt befand sich die alte Hinrichtungsstätte Londons. Heute war nur noch durch eine Mahntafel gekennzeichnet, wo einmal der Galgen gestanden hatte.

Bernard Slane hatte das Gefühl, als würde ihm der Kragen eng, als er schnell an der Mahntafel vorbeiging. Mit Glück war er davor bewahrt worden, am Galgen zu enden, denn hätte er damals beim Überfall auf die Bank seine Pistole gezückt und den Bankclerk getötet, wäre ihm die Todesstrafe sicher gewesen.

Bernard Slane fröstelte bei solchen Gedanken, aber in diesem Moment sah er ein Taxi auf der anderen Straßenseite. Der Fahrer drehte den Kopf und blickte herüber. Bernard Slane winkte ihm zu und rief: »Taxi! Taxi!«

Erst schien es, als würde der Fahrer nicht reagieren; das Taxi fuhr fast bis zum Marbel Arch, bevor es drehte und die Straße herunterkam.

2. Kapitel
Der Tote im Park

Der Hausportier des Albert Palace Mansions, eines der exklusivsten Mietshäuser im Zentrum Londons, hieß John Warren Dease. So stand es am Anmeldepult neben dem Hauptportal in der großen Marmorhalle.

John Warren Dease nahm seinen Beruf sehr ernst, und die Leute, die im Albert Palace Mansion wohnten, schätzten die zuverlässige Art dieses einfachen Mannes, der auf seine Uniform so stolz zu sein schien. Sie stand ihm gut, war für ihn maßgeschneidert worden, und nie konnte man auf dem dunkelblauen Stoff auch nur ein Stäubchen entdecken.

In dieser Woche hatte John Warren Dease Nachtdienst. Das machte ihm nichts aus. Er war nicht verheiratet und hatte nach Einbruch der Dunkelheit keine ernstzunehmenden Verpflichtungen. Manchmal besuchte er seine alte Mutter, die draußen in Shoreditch in einem Altersheim ein kleines Zimmer bewohnte. Das letzte Wochenende hatte John Warren Dease mit ihr verbracht, hatte mit ihr Tauben gefüttert, unten an der Themse, wo sie glücklich war, wenn sie Schiffe sah, die Hörner ertönten und sie den Geruch des Meeres riechen konnte. Das alles brachte ihr Erinnerungen, und John Warren Dease war froh, daß er seine Mutter noch hatte und daß er sie ab und zu übers Wochenende glücklich machen konnte.

Jetzt war Dienstag.

John Warren Dease saß in seinem kleinen Office, von dem aus er einen freien Blick über die Halle hatte. Er brauchte kaum den Kopf zu bewegen, um die Treppe, die Lifttür und das Portal im Auge zu behalten, und so entging ihm kaum je ein Gast oder ein Bewohner des Hauses, schon gar nicht des Nachts, wenn weniger Betrieb war.

In dieser Nacht war Mr. Slane noch nicht zu Hause. Das wußte er. Und Mr. Fredericks mit Frau und Tochter vom fünften Stock waren auch noch nicht von der Wohltätigkeitsveranstaltung zurückgekehrt. Im vierten Stock fehlte Mrs. Jones, aber die kam nie vor Mitternacht, weil sie als Bardame arbeitete, was natürlich außer John Warren Dease im Haus niemand wußte.

Es war fast Mitternacht, als der Portier seine Tasche hervorholte. In einer Thermosflasche hatte er Tee und, säuberlich in ein Papier eingewickelt, ein Sandwich: Käse, Schinken, eine zerhackte Essiggurke und zwei Zwiebelringe. John Warren Dease aß jede Nacht pünktlich um zwölf das gleiche. Er war eben ein Mann, der ein geregeltes Leben führte, und obwohl er es zu einer seiner Tugenden hatte werden lassen, sich niemals um das Privatleben seiner Mieter zu kümmern, konnte er doch den jungen Mister Slane nicht verstehen, der mal zu dieser, mal zu jener Zeit in seiner Wohnung war, scheinbar keiner geregelten Arbeit nachging und überhaupt einen recht leichtlebigen Eindruck machte.

Daß er trank, das wußte John Warren Dease. Oft konnte man es riechen, wenn Mr. Slane die Halle betrat. Und ab und zu torkelte er ein bißchen, so als hätte er weiche Knie, grinste von einem Ohr zum anderen und lallte: »Gute Nacht, lieber John«, wenn er am Anmeldepult vorbeiging.

Da konnte man sehen, was der Alkohol mit den Menschen anrichtete. Sonst war Mr. Slane nämlich ein netter Mensch. Etwas ungesund sah er aus, und ohne Hut hatte ihn John Warren Dease noch nie gesehen, aber er war freundlich, wechselte ab und zu ein paar Worte mit John und hatte ihm auch schon eine Note in die Hand gedrückt, sehr diskret natürlich und so, als wäre das nichts anderes als eine Selbstverständlichkeit.

John Warren Dease war dabei, sein Sandwich zu essen, als vor dem Haus ein Taxi anhielt. Mr. Fredericks und seine Familie. Es war neblig draußen. Naßkalt. Mrs. Fredericks trug einen grauen Nerz, ihr Mann einen Kamelhaarmantel. Liza, die hübsche Tochter, zog einfachere Kleidung vor. Sie hakte sich bei ihrer Mutter unter, während Mr. Fredericks den Taxifahrer bezahlte.

John Warren Dease ließ die Thermosflasche und das Sandwich verschwinden, wischte sich schnell den Mund ab und erhob sich. Er ging in die Halle hinaus, und Liza winkte ihm durch die Glastür lachend zu. Die Tür war nicht abgeschlossen. John Warren Dease hätte es zwar gern gesehen, wenn zumindest nach Mitternacht niemand mehr so einfach ins Haus gekommen wäre, aber die Mieter hatten sich einstimmig dafür erklärt, daß die Tür die ganze Nacht über unverriegelt blieb.

John Warren Dease zog den Türflügel zurück, Liza hüpfte am Arm ihrer Mutter die Treppe zum Portal hoch, und John hörte, wie sich Mr. Fredericks vom Taxifahrer verabschiedete, bevor er ebenfalls die Treppe hochkam.

»Guten Abend, die Herrschaften«, grüßte John Warren Dease und verbeugte sich wie immer so, wie nur er es konnte.

»Ein scheußliches Wetter, John«, sagte Mrs. Fredericks. »Die armen Leute, die noch draußen zu tun haben, sind zu bemitleiden.«

»Die Stadt ist wie ausgestorben«, sagte Mr. Fredericks und nahm den Hut vom Kopf, als er eintrat. »Ich glaube, in einer solchen Nacht sind nicht einmal Räuber und Mörder unterwegs, John.«

»Ich fürchte, solcherlei Gesindel läßt sich nicht von Wind und Wetter abschrecken, Sir«, entgegnete der Portier, und Mr. Fredericks hob die Brauen.

»Sie mögen recht haben, John«, pflichtete er ihm bei. »Meinerseits bin ich froh, wenn ich mich endlich zur Ruhe begeben kann. Das war ein anstrengender Tag, nicht wahr, meine Liebe.«

»Für dich bestimmt, James«, erwiderte Mrs. Fredericks. »Liza und ich, wir haben uns heute abend blendend unterhalten, nicht, Liza?«

Die beiden Frauen gingen auf den Fahrstuhl zu, und John Warren Dease beeilte sich, zuerst dort zu sein. Es war nämlich eine Regel in diesem Haus, daß nur er den Fahrstuhl bedienen durfte. Bei dem Aufzug handelte es sich um ein altmodisches Modell mit offener Front, die nur durch ein Scherengitter geschlossen werden konnte. Früher, bevor John Warren Dease im Haus angestellt war, hatte es einige Unfälle gegeben, der schlimmste davon an einem kalten Wintermorgen, als einem Hausierer der Fuß abgequetscht wurde.

John Warren Dease schloß auf und schob die Gitter zurück. Im Aufzug ging das Licht an, und er ließ die Herrschaften eintreten, die Damen zuerst. Er selbst folgte als letzter. Die Gittertür schloß sich, und mit einem kleinen Ruck setzte sich der Aufzug in Bewegung, vorbei am ersten Stockwerk, in dem sich nur die Wohnung von Mr. Slane befand, in der trotz der Abwesenheit des Mieters das Licht brannte.

Im fünften Stockwerk kam der Lift mit einem abgebremsten Ruck zum Stehen.

Dease öffnete die Gittertür, trat heraus und zur Seite, verbeugte sich und ließ die Herrschaften auf den Flur hinaustreten.

Mr. Fredericks nahm den Portier beim Arm. »Ich gehe morgen erst gegen elf Uhr aus dem Haus, John. Könnten Sie Ihrem Stellvertreter vom Tagesdienst eine Notiz hinterlassen, damit er uns die Morgenzeitung heraufbringt und vor die Tür legt?«

»Selbstverständlich werde ich dies veranlassen, Sir«, sagte John Warren Dease eilfertig.

»Er braucht nicht zu klingeln, John«, sagte Mrs. Fredericks.

»Sehr wohl, Madam«, entgegnete der Portier und schaute den Herrschaften nach.

Liza hing kichernd an ihrer Mutter. John Warren Dease kam auf den verwegenen Gedanken, daß sie leicht beschwipst sein konnten, die beiden Damen, und er lächelte, als ihm Mr. Fredericks zuzwinkerte.

John Warren Dease fuhr mit dem Aufzug zurück ins Erdgeschoß und wurde von der Anwesenheit eines Mannes überrascht, der beim Anmeldepult stand. John Warren Dease war sicher, daß er diesen Mann nie zuvor im Leben gesehen hatte, und deshalb fragte er ihn umgehend nach seinen Wünschen.

»Ich habe gerade einen Herrn hierhergefahren – Mr. Slane, er bewohnt Nr. 7«, erklärte der Mann und kratzte sich im Kraushaar, das unter einer Schildmütze hervorlugte. »Er ist nach oben gegangen, um Kleingeld zu holen.«

Die Wachsamkeit, mit der John Warren Dease dem Mann begegnete, ließ sofort nach. Zu seiner Erleichterung handelte es sich nur um einen Taxichauffeur, der auf seine Bezahlung wartete.

»Schreckliche Nacht«, sagte der Taxifahrer. »Glitschige Straßen. In der Baker Street wurde eine Frau von einem Autobus umgerissen und von einem Auto, das auf nasser Fahrbahn ins Schleudern geriet, überfahren.«

John Warren Dease ging hinter sein Pult und setzte sich auf den Drehstuhl. Er verzichtete darauf, mit seiner Mahlzeit fortzufahren, solange sich dieser Chauffeur in der Halle aufhielt. Nicht, daß er etwas gegen ihn gehabt hätte, aber Taxifahrer gehörten in seiner Wertliste dienstleistender Berufe nicht in die oberen Ränge. An der Spitze stand natürlich der Beruf eines Portiers, und da wollte er die Gelegenheit nicht missen, verantwortungsbewußte Würde zu demonstrieren.

»Waren Sie Zeuge des Unfalles?« fragte er und gab sich Mühe, nicht übermäßig interessiert zu erscheinen.

»Ich habe die Frau schleunigst ins Krankenhaus gefahren«, sagte der Taxichauffeur. »Leider ist sie auf dem Operationstisch verschieden.«

»Bei diesem Wetter heißt es, doppelt vorsichtig sein«, sagte John Warren Dease und warf einen Blick auf die Wanduhr in der Halle. Der Taxifahrer war ungeduldig. Immer wieder flog sein Blick hinüber zum Fuß der breiten Treppe.

»Ich hoffe, daß Mr. Slane nicht vergessen hat, daß ich hier auf ihn warte«, sagte er, nachdem schon mehrere Minuten vergangen waren. Und er lächelte dabei schief.

John Warren Dease verstand ihn sofort, aber er lächelte nicht zurück. »Wenn Sie sich gedulden wollen, ich kann schnell mal raufgehen und an seine Wohnungstür klopfen«, sagte er distanziert.

»Ich wäre Ihnen verbunden«, nickte der Taxichauffeur.

John Warren Dease verzichtete darauf, den Lift zu nehmen, weil er eventuell Mr. Slane auf der Treppe verpaßt hätte. Mr. Slane benutzte nie den Lift. Er hielt das Treppenlaufen für eine Art Körperertüchtigung, und selbst wenn er betrunken nach Hause kam, quälte er sich die Stufen hoch, was ihm manchmal nur mit Hilfe des Portiers gelang. Es war sogar schon vorgekommen, daß John Warren Dease Mr. Slane zu Bett bringen mußte, da dieser den Weg in sein Schlafzimmer nicht mehr wußte.

Hinter der Glastür im ersten Stock brannte noch Licht. Albert Palace Mansion unterschied sich von anderen exklusiven Mietshäusern dadurch, daß im teuersten ersten Stock nur eine kleine Wohnung von vier Zimmern untergebracht war. Und diese wurde seit einigen Wochen von Mr. Slane bewohnt.

Der Portier klingelte, klingelte noch einmal, klopfte, erhielt aber keine Antwort. Kein Geräusch kam aus der Wohnung, und so ging John Warren Dease wieder hinunter in die Halle.

»Mr. Slane muß sofort eingeschlafen sein«, verkündete er dem ungeduldigen Chauffeur. »Ich nehme an, er war ziemlich betrunken, mein Herr.«

»Reynolds«, sagte der Taxichauffeur. »Harry Reynolds.« Und er gab ohne weiteres zu, daß sein Fahrgast wahrscheinlich mehr getrunken hatte, als gut für ihn war.

Nach einigen Minuten versuchte John Warren Dease erneut sein Glück an der Wohnungstür. Er versuchte die Klinke, aber die Tür war abgeschlossen. So entschied er sich, dieser mißlichen Angelegenheit ein Ende zu bereiten, indem er für Mr. Slane das Fahrgeld persönlich auslegte. Er ging hinunter, zählte dem Chauffeur zwei Shilling sechs Pence in die Hand und wünschte ihm eine angenehme Nacht. Morgen, davon war John Warren Dease überzeugt, würde ihm Mr. Slane das Geld zurückzahlen und dabei sein Gesicht zu einem spitzbübischen Grinsen verziehen.

In dieser Nacht fuhr der Portier noch verschiedene Male mit dem Fahrstuhl nach oben, einmal, als Miß Jones nach Hause kam, und zweimal für Mr. Bastrow, der im dritten Stock wohnte und sich über ein merkwürdiges Geräusch beklagte, das ihn am Einschlafen hinderte. Das Geräusch, so stellte John Warren Dease zu später Stunde fest, war der Ast eines Baumes, der am Abflußrohr der Dachrinne kratzte, und er versprach Mr. Bastrow, am frühen Morgen umgehend dafür zu sorgen, daß der Störenfried vom Gärtner beseitigt wurde.

Das letztemal fuhr der Portier morgens um sechs Uhr nach oben, um Dr. Alfred Burnham, Professor im Ruhestand, abzuholen. Wie jeden Morgen verließ der ältliche Herr das Haus, um in der Morgenfrische seinen Verstand neu anzuregen.

Im ersten Stock, in der Wohnung von Mr. Slane, brannte das Licht noch immer.

Zu jenen Menschen, über die sich Mrs. Fredericks in dieser naßkalten Nacht hätte erbarmen können, gehörte der Schutzmann Frank Forbes, der in aller Herrgottsfrühe die schrecklichste Entdeckung seiner Polizistenlaufbahn machte.

Frank Forbes, noch jung an Jahren, konnte auf eine bereits fünfjährige Dienstzeit als Konstabler zurückblicken. Er war also ein erfahrener Mann, und deshalb schickte ihn sein Vorgesetzter in dieser Nacht allein auf den Rundgang. Normalerweise wurde Frank Forbes von einem Partner begleitet, aber dieser hatte im Präsidium angerufen, er sei an der schlimmen Influenza erkrankt, die zur Zeit in London grassierte wie eine Seuche, und läge mit hohem Fieber im Bett.

Frank Forbes machte es nichts aus, seine Runde allein zu gehen. In einer Nacht wie dieser war ohnehin nichts los. In einer Nacht wie dieser verkrochen sich selbst die Ratten.

Die letzte Runde machte er um fünf Uhr am Morgen.

Er ging von der Polizeistation am Picadilly den Queens Walk hinunter, eine Straße, die den Green Park an seiner Ostseite begrenzte. Es war inzwischen so kalt geworden, daß überall auf der Straße Eis glitzerte, wo das Licht der Laternen hinfiel. Forbes zog seinen Wollschal enger um den Hals, und er war froh, daß er die Ohrenwärmer mitgenommen hatte. Der schmale Bügel störte nicht unter dem Helm, und des Nachts konnte keiner etwas davon bemerken. Tagsüber hätte Forbes natürlich niemals Ohrenwärmer getragen, nicht einmal bei zwanzig Grad unter Null.

In Gedanken versunken schlenderte Forbes am Park entlang. Automatisch prüfte sein Blick die schmiedeeisernen Tore, die nachts immer abgeschlossen waren. Manchmal blieb er stehen und schaute sich um, obwohl es nichts zu sehen gab. Ganz leise, wie aus weiter Ferne, drang ab und zu der langgezogene dumpfe Ton eines Nebelhorns an seine Ohren. Wahrscheinlich war der Nebel über der Themse so dicht, daß man nicht einmal die Hand vor den Augen sehen konnte.

Im Vorbeigehen bemerkte Forbes, daß das Lancaster Tor nur angelehnt war. Sofort blieb Forbes stehen. Sein Mißtrauen war geweckt. Er blickte sich um. Niemand war zu sehen. Durch das kahle Geäst der Parkbäume konnte er die wuchtigen dunklen Umrisse des Buckingham Palastes sehen, der von der Königsfamilie bewohnt wurde, und das Queen Victoria Denkmal. Der Green Park hatte früher zu den königlichen Palastgärten gehört und zählte zur Zeit zur beliebtesten Promenade der Londoner Gesellschaft. Forbes konnte sich nicht vorstellen, wer ein Interesse daran gehabt hätte, eines dieser prachtvollen Tore, die der Kunstschmied Inigo Jones in der Mitte des 17. Jahrhunderts geschaffen hatte, aufzubrechen. Vandalen vielleicht. Unzufriedene, die sich bemerkbar machen wollten. Arbeitslose. Gegner des Königshauses. Forbes erwartete eigentlich, daß in den wunderbar angelegten Gärten des Parkes gewütet worden war, aber er irrte sich. Nicht weit vom Tor entfernt, auf einem der zierlichen weißen Parkstühle vor dem Musikpavillon, saß friedlich ein Mann, der ihm den Rücken zugekehrt hatte.

Der Mann trug Hut und Mantel, und er schien auf dem Stuhl eingeschlafen zu sein. Sein rechter Arm hing lose herab, während die linke Hand auf seinem Schoß ruhte. Forbes rechnete damit, einen Betrunkenen vor sich zu haben oder einen Penner, der nirgendwo einen Unterschlupf gefunden hatte. Vorsichtshalber nahm Forbes den Gummiknüppel zur Hand. Er näherte sich dem Mann leise von hinten.

Irgendwo im Park schrie krächzend ein Vogel. Forbes blieb kurz stehen. Irgendwie hatte er das Gefühl, als ob etwas nicht stimmte. Ein Gefühl der Unruhe war es, eine leise Warnung vor einer Gefahr, die er nicht entdecken konnte. Er blickte nach allen Richtungen. Die Büsche hoben sich wie dunkle Gestalten aus den hellen Schleiern, sahen aus wie kleine zusammengekrümmte Monster, denen der wallende Nebel Leben gab, das sie nicht besaßen. Es war ein gespenstisches Bild, das sich den wachsamen Augen des Konstablers bot, und obwohl er kein ängstlicher Mensch war, mußte er sich eingestehen, daß ihm im Moment nicht gerade wohl in seiner Uniform war.

Forbes gab sich einen Ruck.

Mutig ging er auf den Mann zu, trat zur Seite des Parkstuhles und stieß den Mann mit dem Gummiknüppel an. Der Kopf des Mannes bewegte sich, aber anstatt daß er aufblickte, fiel er zur Seite. Sein Oberkörper neigte sich nach vorn, und bevor Konstabler Frank Forbes dazukam, den Mann zu stützen, fiel dieser vom Stuhl.

Forbes stand einen Moment wie gelähmt da. Dann steckte er den Knüppel ein und beugte sich über den Mann. Er drehte ihn auf die Seite, so daß er ihm ins Gesicht sehen konnte. Und Forbes schrak jäh zurück. Tote Augen starrten ihn an. Die Gesichtshaut schimmerte wächsern. Forbes brauchte den Mann nicht anzufassen, um zu wissen, daß er tot war . . . und eiskalt.

Das Telefon klingelte. Inspektor Philander Dearborn griff im Schlaf nach dem Hörer, kriegte aber den Wecker zu fassen, der im Moment losging, als er ihn gegen sein Ohr drückte. Mit einem Satz sprang er aus dem Bett, riß seinen Nachttisch um und prallte so hart gegen die Kommode, daß der Spiegel aus der Halterung fiel und ihm gegen den Hinterkopf knallte. Den rasselnden Wecker in der Hand, nach Atem ringend, als wäre er eine Treppe hochgerannt, stand der Inspektor hilflos inmitten eines Scherbenhaufens, als seine Frau in das Schlafzimmer stürzte und die Hände vor dem Gesicht zusammenschlug.

»Mein Gott, was ist denn hier los!« rief sie entsetzt.

»Willst du denn nicht das Telefon abnehmen, Phil? Es könnte dein Office sein.«

Der Wecker in Dearborns Hand wurde leiser und verstummte schließlich, während das Telefon weiterklingelte. Mit fast feierlichen Bewegungen ging der Inspektor zum Fenster, paßte dabei auf, daß er mit seinen nackten Füßen nicht in Scherben trat, und warf vorsichtshalber zuerst einen Blick auf die Straße hinunter, bevor er den Wecker hinausschmiß.

Entgeistert schaute ihm seine Frau zu, wie er mit unbewegtem Gesicht zum Bett ging, sich auf dem Rand niederließ und nach dem Hörer griff.

»Roos«, meldete sich eine Stimme am anderen Ende des Drahtes. »Inspektor? Sind Sie das?«

Dearborn runzelte die Stirn. »Sie müssen sich verwählt haben, Sir«, log er mit verstellter Stimme. »Dies hier ist die Hafenwache.«

»Oh, entschuldigen Sie«, sagte der Anrufer und legte auf.

Die Frau starrte ihren Mann ungläubig an, und er tat so, als wäre sie überhaupt nicht zugegen. Er suchte am Boden nach dem Fläschchen mit den Nasentropfen, fand es zwischen anderen Medikamenten, Spiegelscherben, Schachteln und sonstigem Kram, legte sich aufs Bett und tat in jedes Nasenloch zwei oder drei Tropfen. Dann schnüffelte er ein bißchen, bis ihm die Tränen kamen, setzte sich auf und warf einen Blick auf seine Uhr. Es war sechs Uhr am Morgen. Vor knapp einer Stunde hatte er sich zu Bett begeben.

Das Telefon klingelte.

Philander Dearborn nahm ab.

Natürlich war es erneut Roos, der Kriminalunterkommissar, der ihn im Yard für die nächsten acht Stunden vertreten sollte. »Sind Sie das, Inspektor?« fragte er zögernd.

»Wer denn sonst!« gab Dearborn scharf zurück.

»Die ... die Hafenwache, Sir«, sagte Peter Roos stokkend. »Vorher hatte ich die Hafenwache dran, als ich Ihre Nummer anrief.«

»Daß Sie sich verwählt haben könnten, lieber Roos, ist wohl so früh am Tage ein etwas zu verwegener Gedanke, nicht wahr?«

»Well, Sir ... ich weiß ... nun, ich glaube, Sie sollten dringend hierherkommen und nach dem Rechten sehen. Konstabler Forbes hat im Green Park einen Toten entdeckt.«

»Ah, und deswegen wecken Sie mich, Roos?« knurrte Dearborn grimmig. »Ich darf Sie vielleicht daran erinnern, daß Sie mein Stellvertreter sind und ich eine anstrengende Nachtschicht hinter mir habe.«

»Tut mir leid, Sir. Aber der Chauffeur sagt, daß er sich an das Silberne Dreieck wendet, wenn wir ihn nicht in Ruhe lassen. Er ist ziemlich aufgebracht und will keine Fragen mehr beantworten, bevor er nicht diesen Gonsalez gesprochen hat.«

Inspektor Philander Dearborn merkte, wie das Blut in seinen Adern warm wurde. Er ärgerte sich, daß er sich beim ersten Anruf mit Hafenwache gemeldet hatte, denn anscheinend ging es wieder einmal um die Ehre Scotland Yards, und die war ihm wichtiger als seine eigene Gesundheit.

»Wer ist der Chauffeur, und was hat er mit dem Toten im Park zu tun?« fragte er, und er versuchte ruhig zu bleiben.

»Reynolds heißt er, und er scheint mit Leon Gonsalez vom Silbernen Dreieck bekannt zu sein.«

»Hat er den Toten umgebracht?«

»Nein, Sir. Der Tote lebte, als man ihn umgebracht hat.«

Philander Dearborn bleckte die Zähne und hielt die Luft an. Manchmal hätte er Roos am liebsten in den Hintern getreten, wenn er so penetrant logisch zu sein versuchte.

»Weiter, Roos!« sagte er schließlich knapp und bedeutete seiner wartenden Frau gestikulierend, daß sie ihm Frühstück machen sollte.

»Well, Sir, der Tote im Park ist ein gewisser Slane. Wohnt im Albert Palace Mansion. Ehemaliger Dartmoor-Sträfling. Saß vier Jahre und zwei Monate für bewaffneten Banküberfall. Der Chauffeur will ihn in der Nacht in der Nähe des Marbel Arch aufgenommen und nach Hause gebracht haben.«

»Zeugen?«

»Der Portier, ein gewisser John Warren Dease.«

»Und?«

»Well, wir kommen nicht weiter. Es steht fest, daß Slane seine Wohnung aufsuchte. Die Aussagen des Portiers sind nicht zu erschüttern. Wann und warum Slane seine Wohnung allerdings wieder verließ und wie er es schaffte, ungesehen aus dem Haus zu kommen, ist ein Rätsel. Ebenso rätselhaft ist sein Aufenthalt im Park. Was wollte er dort?«

»Tauben füttern«, stieß Dearborn hervor, und Roos lachte glucksend, hörte aber sofort damit auf, als Dearborn ihm befahl, den Chauffeur einem scharfen Kreuzverhör zu unterziehen. »Der Mann erscheint mir verdächtig«, sagte Dearborn bestimmt.

»Darf ich vielleicht fragen warum, Sir?«

»Hm, einer, der mit Gonsalez Kontakt hat, ist immer verdächtig«, gab Dearborn zurück, und bevor ihm Roos eine Antwort geben konnte, knallte er den Hörer auf die Gabel. Er gähnte, nahm die Zipfelmütze vom Kopf und fuhr sich mit gespreizten Fingern durch das widerspenstige Haar. Auf dem Boden konnte er sein Spiegelbild in kleinen Stükken bewundern. »Du siehst gar nicht gut aus, Philander«, sagte er zu sich selbst, erhob sich und begann sich anzuziehen.

Der Mord an Bernard Slane war eines jener geheimnisvollen Verbrechen, die der Presse Freude und der Polizei viel Sorge und Arbeit verursachten. Schon in der Abendausgabe berichteten verschiedene Zeitungen Londons vom »Toten im Park«, obwohl Inspektor Philander Dearborn seine Untergebenen angehalten hatte, mit Informationen sparsam umzugehen.

Es konnte gefährlich sein, frühe Schlüsse zu ziehen, denn immerhin hatte man es hier mit einem Mord aus dem »Milieu« zu tun. Daß Bernard Slane ein Opfer der Londoner Unterwelt geworden war, erschien Inspektor Philander Dearborn, den man seiner kalten Schlangenaugen wegen auch »Snake-Eye« nannte, zumindest wahrscheinlich. Eigentlich hatte er überhaupt keine Zweifel. Der Mann war vor etwas über drei Wochen aus dem Dartmoor-Gefängnis entlassen worden, hatte sich in einem der exklusivsten Häuser Londons eingemietet, trug Kleider, die nicht von der Stange kamen, und fiel schließlich einem Mörder in die Hände, der ihn mit einem stumpfen Instrument so übel zurichtete, wie es nur ein Rasender oder Verzweifelter zu tun imstande war.

Ein typischer Ganovenmord! Aus Rache vielleicht. Aus Eifersucht oder einfach, weil Bernard Slane irgendwem zu unbequem geworden war.

Vom Hausportier John Warren Dease war nicht viel zu erfahren gewesen. Bernard Slane war oft ausgegangen und oft betrunken, zumindest besäuselt, nach Hause gekommen. Dearborn verhörte Dease zwei Stunden lang. Danach war er davon überzeugt, daß dieser pflichtbewußte Mensch nichts mit dem schrecklichen Tod von Bernard Slane zu tun haben konnte, übrigens genauso wenig wie der Chauffeur, den Roos derart in die Zange genommen hatte, daß er in seiner Hilflosigkeit darauf bestand, Leon Gonsalez anzurufen.

Vergeblich versuchte Inspektor Dearborn den braven

Mann davon abzuhalten. Reynolds gab zu verstehen, daß seine Ehre als Geschäftsmann auf dem Spiel stand. Die Zeitungsleute würden wie Geier über ihn herfallen, und man würde ihn mit einem Verbrechen in Zusammenhang bringen, mit dem er nicht das geringste zu tun hätte.

Die Sorgen des Taxichauffeurs waren nicht unberechtigt. Dearborn hatte genug eigene Erfahrungen mit Zeitungsleuten der übleren Sorte, die einem die Worte im Munde verdrehten, bevor sie diese zu Papier brachten. Diese Herren waren sich niemals zu schade, schmutzigste Wäsche zu waschen, harmlose Bürger durch den Dreck zu ziehen, unglückliche Geschäftsleute zu ruinieren und Scotland Yard die Aufklärung der Verbrechen noch schwerer zu machen. Manchmal träumte Philander Dearborn sogar davon, wie er Reportern ihr eigenes Geschreibe in den Mund stopfte, bis sie fast daran erstickten.

Merkwürdig war nur, so dachte er, daß Gonsalez mit der Presse keinen Ärger hatte, obwohl diese in der Vergangenheit nicht selten Gelegenheit gehabt hatte, über die »Drei Gerechten« herzuziehen. Die Drei Gerechten, wie sie sich früher nannten, hatten es sich damals nämlich zur Aufgabe gemacht, jene Dreckarbeit zu verrichten, an denen sich gewisse Herren des damaligen Scotland Yard nicht die Finger schmutzig machen wollten. In der Presse waren sie allerdings oft genug als eine »Verbrecherbande« bezeichnet worden, als rücksichtslose und durchtriebene Ganovenjäger, die den abgefeimtesten Verbrechern ebenbürtig waren und sich nicht einen Deut um bestehende Gesetze kümmerten, wenn es darum ging, der Gerechtigkeit Nachdruck zu verleihen.

Jetzt waren die Drei Gerechten eine Detektivagentur. Das Silberne Dreieck nannten sie sich, und obwohl Inspektor Dearborn schon einige Male um ihren Beistand froh gewesen sein mußte, verwünschte er jeden einzelnen von ihnen. Sie kamen ihm immer im ungünstigsten Moment in die Quere, zuvorkommend in ihrer überheblichen Art, allen anderen meistens eine Nasenlänge voraus, spöttelnd, wenn ihnen danach zumute war, und niemals bereit, Scotland Yard etwas zu verraten, solange sie mit der Aufklärung eines Falles beschäftigt waren. Dearborn wußte nicht, welchen er für den schlimmsten halten sollte, denn schlitzohrig und rücksichtslos waren sie alle drei.

Harry Reynolds, der Taxifahrer, behauptete, Leon Gonsalez wäre ein Freund von ihm. Herrgott, dachte Dearborn, es gibt bestimmt einige tausend Taxichauffeure in London, und da mußte er bei diesem verzwickten Fall ausgerechnet auf einen Freund von Gonsalez treffen.

Noch immer haderte Dearborn mit dem Schicksal, das ihm wieder einmal nicht gut gesinnt war, als der Konstabler an der Pforte des Albert Palace Mansions den Privatdetektiv Leon Gonsalez ankündigte. Obwohl ja der gute Inspektor gewarnt war, wurde er glatt von einem Hustenanfall heimgesucht, der ihm das Blut in den Kopf trieb. Aus rotgeränderten Augen blickte er dem gutaussehenden Mann entgegen, der durch die Halle auf ihn zukam. Gonsalez wirkte frisch und ausgeschlafen. Sein Gesicht war glatt rasiert, das Haar sorgfältig gescheitelt.

Er begrüßte Dearborn, wie man einen alten Freund begrüßt. »Na, Dearborn«, sagte er, »Sie sehen nicht besonders gut aus, heute morgen.«

»Nachtschicht«, keuchte der Inspektor. »Roos hat mich aus dem Bett geklingelt. – Es gab Ärger hier.«

Leon Gonsalez schmunzelte. Er wußte genau, daß Dearborn ihn zur Hölle wünschte oder sonstwohin, und eigentlich hatte er nicht die Absicht, sich in diesen Fall einzumischen. Das sagte er Dearborn, der sichtlich aufatmete, obwohl seine Nase verstopft war.

»Ich wäre Ihnen verbunden, wenn Sie Mr. Reynolds beruhigen würden, Gonsalez. Es lag dem Kommissar fern, ihn eines Verbrechens zu beschuldigen.«

»Harry Reynolds ist ein alter Freund von mir«, sagte Leon. »Wo ist er denn? Ich habe seinen Wagen draußen gesehen.«

Dearborn deutete nach oben. »Ich habe vorläufig in Mr. Slanes Wohnung mein Hauptquartier aufgeschlagen. Die Spurensicherung ist abgeschlossen. Hat nichts ergeben. Mr. Slanes Küche ist das Verhörzimmer. Reynolds hätte längst gehen können, aber er bestand darauf, auf Sie zu warten.«

»Mr. Slane ist der Ermordete?« fragte Leon, während sie zum Aufzug gingen, wo ein untersetzter Mann in einer grauen Uniform stand, mit gelben Streifen an der Hose und goldenen Schulterstücken. Der Mann verbeugte sich, öffnete die Gittertür und ließ den Inspektor und seinen Begleiter eintreten. Leon musterte den Mann verstohlen, und es fiel ihm auf, daß er ziemlich nervös war. Seine Hand zitterte, als er auf den Knopf drückte, der den Aufzug in Bewegung setzte.

Im ersten Stock, als der Mann allein wieder nach unten fuhr, sagte Leon so nebenbei, daß der Pförtner wahrscheinlich mehr wußte, als er zugeben wollte. »Haben Sie gemerkt, wie nervös der Mann ist, Dearborn?«

Der Inspektor lächelte etwas mitleidig. »Ihr Spürsinn in Ehren, Gonsalez, aber der Mann war in dieser Nacht zu Hause im Bett.«

Leon hob die Brauen. »Das hat er behauptet?«

»Der Mann hat Tagesdienst«, sagte Dearborn ungeduldig. »Er hat mit der Sache nichts zu tun.«

»Ich darf doch hoffen, daß Sie das überprüft haben, Verehrtester«, entgegnete Leon. »Mir erschien der Mann verdächtig.«

»John Warren Dease hatte Dienst. Und er verbürgt sich für seinen Stellvertreter. Außerdem, warum hätte er Slane umbringen sollen? Der Mann ist ein harmloser Pförtner.«

»Und Dease?«

»Ein pflichtbewußter Mann, den die Mieter sehr schätzen. Es liegt nichts gegen ihn vor. Keine Vorstrafen. Nichts.«

»Schade«, sagte Leon.

Dearborn blieb vor der Wohnungstür stehen und blickte ihn von der Seite forschend an. »Warum?« fragte er schließlich.

»Nun, ich möchte Ihnen einen schnellen Erfolg gönnen, Verehrtester. Scotland Yards Ruf könnte besser sein, nicht wahr?«

Dearborns Gesicht wurde finster. »Wir tun unsere Pflicht, Gonsalez«, sagte er bitter, »und wenn wir uns nicht immer mit Leuten herumzuärgern hätten, die uns ins Handwerk pfuschen, wäre uns des öfteren ein Erfolg beschieden.«

Bevor ihm Leon darauf etwas erwidern konnte, machte Inspektor Philander Dearborn die Glastür auf und betrat die Wohnung des Ermordeten. Er zeigte auf eine der geschlossenen Türen und bat Leon noch einmal darum, Harry Reynolds klarzumachen, daß das Verhör von Kriminalunterkommissar Peter Roos nichts anderes als Routine gewesen sei.

Leon klopfte an die Tür, bevor er eintrat. Harry Reynolds saß auf einem Küchenhocker, aber er sprang auf, als er Leon erkannte. Er sah müde aus und mitgenommen. Anscheinend machte er sich tatsächlich Sorgen.

»Leon«, rief er aus, »oh, ich freue mich, daß du kommen konntest, mein Junge!«

Harry Reynolds war fünfzig Jahre alt, und so nahm es ihm Leon nicht übel, daß er ihn Junge nannte. Im übrigen hatte er in Harry Reynolds schon immer einen väterlichen Freund gesehen, seit er ihn vor einigen Jahren bei der weltberühmten Wembley Regatta getroffen hatte, als Leon unter den Zuschauern nach einem interessanten Gesicht suchte.

»Es scheint, Scotland Yard hat dir einigen Ärger bereitet, Harry«, sagte Leon.

»Ein junger giftiger Kerl, kalt wie eine Hundeschnauze und völlig unlogisch. Stell dir vor, ich fahre einen späten Gast hierher, werde dafür von einem mir unbekannten Portier bezahlt, und am Morgen holt man mich aus den Federn und beschuldigt mich eines Mordes, den ich nicht begangen haben kann.«

Leon lächelte. Er kannte Harry Reynolds als einen gutmütigen und friedfertigen Mann von ausgeglichenem Charakter, der sich auch in seinem ebenmäßigen und offenen Gesicht zeigte. Nein, Harry Reynolds hatte keinen bösen Zug an sich, und vielleicht gehörte er tatsächlich zu jenen seltenen Menschen, die nicht einmal einer Fliege etwas zuleide tun konnten.

Trotzdem zog Leon die Stirn in Falten und gab sich Mühe, den Taxifahrer durchdringend anzusehen.

»Kanntest du Mr. Slane, Harry?«

»Nie zuvor gesehen, Leon. Aber was soll das, willst du dort weitermachen, wo dieser stacheldrahtige Kommissar aufgehört hat?«

»Unterkommissar, Harry«, lachte Leon. »Eigentlich ein guter Mann, dieser Peter Roos. Ihm fehlt noch etwas an Erfahrung, aber er gibt sich redlich Mühe, was als Untergebener von Snake-Eye nicht immer einfach ist, glaube ich.« Leon sah sich in der Küche um. »Du bist zum erstenmal hier drin, nicht wahr?«

»Natürlich. Zum Teufel, ich war in der Nacht zum erstenmal in diesem Haus.« Harry Reynolds setzte sich wieder auf den Hocker.

»Slane war betrunken?« fragte Leon.

»Zumindest war er nicht mehr nüchtern. Ich habe ihn beim Marble Arch aufgelesen. Er ließ mich bei einer Kneipe in der Regent Street anhalten und auf ihn warten. Er war etwa zwanzig Minuten weg, und als er wieder herauskam, sang er. Nun frage ich dich, Leon, war er betrunken oder nicht?«

»Beschwipst.«

»Okay. Ich fuhr ihn hierher, und er ging in seine Wohnung, um Kleingeld zu holen. Aber er kam nicht zurück. So ließ ich mir von diesem arroganten Nachtportier, Dease heißt er, das Fahrgeld auszahlen, und damit hatte es sich. Mehr weiß ich nicht, und der Teufel soll Scotland Yard holen.«

»Alibi?«

»Alibi!« rief Harry Reynolds entgeistert. »Ich war unterwegs bis um fünf Uhr. Soviel ich mitgekriegt habe, hat man Slane um sechs Uhr am Morgen im Green Park aufgefunden. Tot. Wie lange er schon tot war, läßt sich anscheinend nur noch schwer feststellen.«

»Bist du um fünf nach Hause gefahren?«

»Nein.«

»Wo warst du dann zwischen fünf und sechs?«

»Herrgott, du nimmst die Sache wirklich ernst, wie? Das ist kein Spaß, Leon, das ist ein Verhör!«

Leon nickte und deutete auf die Tür. »Wetten, daß er lauscht«, flüsterte er so leise, daß ihn nur Harry Reynolds hören konnte.

Und der Taxifahrer verstand sofort. Er grinste breit. »Ich ging an der Themse im Nebel spazieren«, sagte er seufzend.

»Hat dich jemand gesehen?«

»Ich traf einen Penner, der Feuer für einen Zigarrenstummel haben wollte.«

»Name des Penners?«

»Verdammt, glaubst du, ich frage Penner nach dem Namen?«

»Dann, mein Freund, hast du eigentlich kein Alibi.«

Harry Reynolds holte tief Luft, bevor er antwortete.

»Nein, eigentlich habe ich kein Alibi, aber trotzdem halte

ich es für unverschämt, wenn man mich zum Mörder stempelt, bevor man auch nur ein Indiz in der Hand hat, das auf mich zeigt. Willst du was wissen, Leon? Scotland Yard stinkt!«

Harry Reynolds trat gegen den Herd, daß die Kochtöpfe schepperten, und Leon griff vorsichtig nach der Türklinke, drückte sie jäh nieder und zog die Tür auf. Inspektor Dearborn versuchte vergeblich, das Gleichgewicht zu wahren. Er stolperte in die Küche herein und fand erst am rußgeschwärzten Ofenrohr Halt. Zum Glück hatte niemand Feuer gemacht, sonst wäre ihm am heißen Eisen wahrscheinlich die schräggestreifte Krawatte verschmort.

3. Kapitel
Wer ist Mrs. Wilbraham?

»Ein höchst interessantes Verbrechen«, sagte Leon. Er saß am Tisch im Eßzimmer, hatte den Kopf in beide Hände gestützt und las Zeitung.

»Warum interessant?« fragte George Manfred, der im Salon auf dem weichgepolsterten Chesterfield-Sofa lag und einen Ferienprospekt von Tirol studierte, durch die offene Tür. »Ich dachte, Dearborn hat dir vorsichtshalber keine Informationen gegeben?«

»Oft erfährt man dann am meisten von Snake-Eye, wenn er besonders vorsichtig mit seinen Worten umgeht«, sagte Raymond Poiccart, der dabei war, eine der chinesischen Vasen mit burgunderfarbenen Astern in die Küche zu tragen, um das Wasser zu wechseln. Poiccart war in diesem Haus der Mann, der die notwendigen Arbeiten verrichtete, der es also den drei so ungleichen Junggesellen überhaupt ermöglichte, gemeinsam unter einem Dach zu wohnen.

Leon Gonsalez las weiter. Er hatte die Abendausgabe des *Megaphon* auf dem Tisch ausgebreitet, in der schon auf der Titelseite und unter der fettgedruckten Überschrift WER IST DER MÖRDER? über den Mord im Green Park berichtet wurde.

Mord im Green Park?

Bis jetzt war noch nicht einmal der Tatort festgestellt worden.

»Hat man denn bei dem Toten keinen Hinweis auf seinen Mörder gefunden?« fragte Manfred aus seinen Gedanken heraus, die sich eigentlich mit dem geplanten Kurzurlaub befaßten.

»Eine Visitenkarte hat der Mörder nicht hinterlassen,

George«, sagte Leon sarkastisch und blätterte um. Seine Lippen bewegten sich leise, eine Angewohnheit von ihm, wenn irgend etwas in der Lektüre seine Aufmerksamkeit besonders fesselte. Er merkte gar nicht, wie Poiccart aus der Küche zurückkehrte und ihm über die Schulter blickte.

»Willst du dich etwa um den Fall kümmern?« fragte Poiccart. »Es ist meine Pflicht, dich daran zu erinnern, daß wir knapp bei Kasse sind und somit besser daran täten, einen kapitalkräftigen Klienten zu finden.«

Leon ging nicht auf Poiccarts Hinweis ein, sondern tippte mit dem Zeigefinger auf eine bestimmte Stelle im Artikel über den Mord. »Hier, lies das mal, Raymond. Dieser Abschnitt ist es, der den Fall interessant macht.«

Poiccart nahm die Zeitung auf und las laut: *»Die Polizei fand in der rechten Manteltasche des Ermordeten ein blutbeflecktes Stück Papier: Eine Hotelrechnung des Tivoli Hotels in Luzern. Die Rechnung war auf Mr. und Mrs. Wilbraham ausgestellt und lautete über 1500 Franken.«*

Poiccart legte die Zeitung auf den Tisch zurück und hob die Brauen. »Höchst interessant«, unkte er. »Ich wünschte, der Betrag von 1500 Schweizer Franken wäre auf unser Konto eingegangen. Wir haben Ärger mit dem Wagen, Leon. Der Motor taugt nicht mehr viel, ließ ich mir durch einen Fachmann sagen. Unser Freund George möchte, daß wir uns einen Sportwagen zulegen, um seine exklusiven Freundinnen zu beeindrucken, und ich muß zusehen, wo ich das Geld auftreiben kann, um die Putzfrau zu bezahlen. Vielleicht wäre es angebracht, wenn wir mal ein paar weniger interessante, dafür aber profitablere Fälle bearbeiteten, Leon.«

Leon hob den Kopf. »Überwachung untreuer Ehefrauen oder so was?«

»Warum nicht?«

»Weil wir einen Ruf haben, den wir uns so leicht nicht vermiesen lassen sollten«, sagte Leon. »Ich weiß zwar wirklich nicht, was uns dieser Slane angeht, aber der Fall hat mein Interesse geweckt.«

»Wegen Reynolds?«

»Auch. Der Mann hat genug Sorgen wegen seines Taxigeschäftes. Die Konkurrenz wird immer größer. Außerdem, wer kann es sich heutzutage überhaupt noch leisten, mit einem Taxi zu fahren?«

»Slane?« sagte George Manfred grinsend.

»Falsch. Weißt du was? Scotland Yard hat in seiner Wohnung keinen einzigen Penny gefunden.«

»Nicht ungewöhnlich für einen, der kürzlich aus Dartmoor entlassen worden ist«, sagte Poiccart und ging mit der Vase zum kleinen Marmortischchen, auf dem das Telefon stand. Er arrangierte die Astern, prüfte mit Kennerblick sein Werk und war zufrieden.

»Slane hat aber Reynolds gesagt, daß er raufgehen will, um Kleingeld zu holen.«

»Entweder hat er gelogen, oder er hat später, als er seine Wohnung wieder verließ, seine paar Shilling mitgenommen.«

»Seine Taschen waren leer.«

»Vielleicht hat ihn der Mörder beraubt.«

»Und warum hat er dann die Hotelrechnung nicht verschwinden lassen?«

Poiccart runzelte die Stirn. »Was in aller Welt hat die Hotelrechnung mit dem Mörder zu tun? Geld ist Geld, Leon, und für eine alte Hotelrechnung kannst du dir nicht einmal im Bahnhofsrestaurant eine warme Mehlsuppe kaufen.«

Leon hob den Kopf.

»Dann glaubst du auch, daß es ein Ganovenmord ist, Poiccart?« fragte er.

»Natürlich ist es ein Ganovenmord, was denn sonst. Mord aus Rache. Slane wurde irgend jemandem zu lästig. Der Schlüssel zu diesem Verbrechen liegt in seiner Vergangenheit, glaube es mir. Und wenn Dearborn schlau ist, holt er Erkundigungen in Dartmoor ein.«

Leon nickte. »Ein guter Gedanke, Poiccart. Würde es dir etwas ausmachen, mir diese Arbeit abzunehmen?«

»Was meinst du? Nach Dartmoor fahren und mich dort ein bißchen umsehen?«

»Ja. Ich möchte wissen, mit wem Slane während seines Aufenthaltes im Gefängnis Kontakt hatte. Ich möchte, daß du über ihn alles in Erfahrung bringst, was möglicherweise zur Aufklärung dieses Verbrechens beitragen könnte.«

»Und wer bezahlt unsere Rechnung? Inspektor Dearborn?«

»Der braucht seine Lohntüte für Schnupfenmittel«, lachte George Manfred vom Sofa her. »Was hältst du davon, dich um Mrs. Wilbraham zu bemühen, Leon? Wer immer sie auch sein mag, ich bin davon überzeugt, daß sie eine sehr attraktive Dame sein muß, wahrscheinlich verheiratet, möglicherweise eine, die einen Platz in der besseren Gesellschaft hat.«

»Und wie kommst du zu dieser wundersamen Vermutung?« fragte Poiccart neugierig. »Sie ist doch nicht nur etwa Wunschdenken, George?«

George Manfred warf Leon einen fragenden Blick zu, und der lächelte schwach.

»Ich nehme an, daß Slane die Hotelrechnung aufbewahrt hat, um sie einem Ehemann als Beweisstück für die Untreue seiner Frau vorzulegen«, sagte Leon und beantwortete an Stelle von George die Frage Poiccarts.

Poiccart runzelte die Stirn. »Du meinst, daß er die Frau, die mit ihm im Tivoli Hotel von Luzern abgestiegen ist, heiraten wollte, dies aber unmöglich war, solange sie die Ehefrau eines anderen war.«

»Richtig.«

»Kompliziert und altmodisch, Leon. Hör mal, wir leben nicht mehr im letzten Jahrhundert. Frauen lassen sich scheiden, wenn sie es satt haben, von ihren Männern unterdrückt zu werden. So ist das heute.«

»Nicht in der besseren Gesellschaft. Nicht bei Leuten, die sich vor Skandalen fürchten. Ich bin sicher, daß Slane zumindest einen triftigen Grund hatte, die Hotelrechnung aufzubewahren.«

Weder Poiccart noch Manfred widersprachen ihrem Partner. Nur zu gut wußten sie, wie oft sich seine noch so abwegigen Vermutungen bestätigten. Leon hatte eine besondere Gabe, einen verworrenen Fall systematisch aufzuklären, und solange sie ihn auch kannten, noch nie hatte er sich am Ende von irgend etwas oder von irgendwem überraschen lassen. Er war es, der die anderen überraschte, oft genug sogar seine beiden Partner. Außerdem lag es auf der Hand, daß Slane von irgendwoher Geld bekommen hatte, um seine teueren Kleider und die Wohnung im Albert Palace Mansion zu bezahlen. Eine Arbeit hatte er nicht, was nicht verwunderlich war. In dieser schwierigen Zeit fiel es entlassenen Sträflingen besonders schwer, eine Anstellung zu finden.

»Und trotzdem gibt es keine Erklärung dafür, warum die Hotelrechnung in der Tasche des Ermordeten zurückblieb, während kein müder Penny aufzufinden war«, sagte Poiccart.

»Weil der Mörder kein Taschendieb war, Raymond«, erklärte Leon. »Slane hatte kein Geld bei sich, und der Mörder hatte kein Interesse daran, ihn zu durchsuchen.«

Manfred seufzte. »Es ist einfach schwer begreiflich, warum dieser halb betrunkene Mann seine Wohnung verließ und zum Green Park ging, wo er schließlich umgebracht wurde. Der Park liegt doch eigentlich ziemlich weit von dem Mietshaus entfernt, in dem Slane seine Wohnung hatte.«

Leon lehnte sich im Stuhl zurück.

»Könnte sein, daß er sich mit jemand getroffen hat.«

»Mit Mrs. Wilbraham vielleicht«, sagte Manfred beinahe träumerisch.

Poiccart lachte auf. »Oder mit ihrem Gatten«, entgegnete er. »Und dann ist es kein Wunder, daß er so plötzlich das Zeitliche gesegnet hat.«

Brauchbare Anhaltspunkte gab es in diesem verzwickten Fall nicht. Nur die Hotelrechnung konnte vielleicht etwas ergeben, wenn man sich mit der Stadtpolizei in Luzern in Verbindung setzte. Das wollte Leon zwecks Kosteneinsparung lieber Scotland Yard überlassen, obwohl sich Manfred gern bereit erklärte, seinen Kurzurlaub in die Schweiz zu verlegen und dort etwas über die rätselhafte Mrs. Wilbraham zu erfahren.

Statt dessen bat ihn Leon, jene Kneipe aufzusuchen, in der Bernard Slane zuletzt abgestiegen war. Was er selbst vorhatte, verriet er nicht einmal seinen beiden Partnern.

Er verließ das kleine Haus an der Curzon Street, an dessen Frontfassade ein silbernes Dreieck angebracht war, als die Dämmerung durch die grauen Gassen und Straßen Londons kroch und vermummte Gestalten nach Hause eilten, um der feuchten Kälte zu entfliehen.

Es wurde schnell dunkel, obwohl es noch nicht einmal vier Uhr am Nachmittag war. Die Straßenlaternen brannten, und von der Themse drang der Nebel in die Stadt ein, gespenstische Schleier, die an den finsteren Hauswänden entlangkrochen wie gefräßige formlose Ungeheuer. Sie verschluckten Häuser, Denkmäler, sie ließen Autobusse verschwinden und griffen mit eisigen Fingern nach den Passanten, die auf den Bürgersteigen entlanghasteten. Leon Gonsalez hatte Glück. Er fand an der Ecke Bolton Street, beim Blumenladen, wo Poiccart regelmäßig einkaufte, ein Taxi. Der Fahrer war ein älterer Mann, hager, mit einem narbigen Gesicht und nur einem Auge.

»Hab ich mir alles im Krieg eingehandelt«, erklärte er

Leon, der im Fond Platz nahm und sich in seine kalten Hände hauchte. »Und wofür haben wir gekämpft, Sir? Dafür, daß jetzt alles wieder im Eimer ist. Die Wirtschaft meine ich. Tausende von Arbeitslosen haben wir. An einem Abend wie diesem hatte ich sonst nie Flaute. Und jetzt? Jetzt kann ich froh sein, wenn ich genug einnehme, damit ich am nächsten Morgen auftanken kann.«

»Ein Auto, das nicht fährt, braucht wenig Benzin«, wandte Leon ein, aber es wäre besser gewesen, er hätte geschwiegen, denn jetzt hielt ihm der Fahrer einen Vortrag, wieviel Benzin er verbrauchte, um irgendeinen Fahrgast draußen in Notting Hill aufzunehmen und ihn drei Straßen weiter wieder abzuladen. »Für die Anfahrt kann ich nichts berechnen, das ist doch das Elend. Wenn es so weitergeht, verkaufe ich diese Kiste und richte mir einen Platz unter einer Brücke ein oder unten bei den Docks.«

Im Stadtinneren herrschte ziemlich viel Verkehr, und es dauerte fast fünfzehn Minuten, bis sie den Picadilly Circus hinter sich hatten und die breite Shaftesbury Avenue hochfuhren. Der Nebel war jetzt so dicht, daß der Chauffeur sich vorbeugte, bis seine Nase fast die Windschutzscheibe berührte. Trotzdem überfuhr er fast einen Schutzmann, der an der Wardour-Kreuzung den Verkehr regelte. Der Fahrer fluchte wie ein Themseschiffer, und als er in die Straße einbog, in der Leon abgesetzt werden wollte, war er mit den Nerven fix und fertig.

John Warren Dease wohnte im Stadtteil Bloomsbury. Er hatte sich in einer der neuen Wohnsiedlungen ein einfaches kleines Apartment gemietet, mit Küche und Bad und mit einem Balkon, von dem man die mächtige Rundkuppel des Britischen Museums sehen konnte.

Leon Gonsalez hatte eigentlich keine Ahnung, was er von dem Mann wollte. Fragen hatten ihm Dearborn und seine Leute wahrscheinlich schon genug gestellt, und Leon erwartete nicht, daß dieser so pflichtbewußte Mensch ihm heimlich den Schlüssel zu Slanes Wohnung geben würde. Trotzdem zögerte er nicht, die Treppe hinaufzugehen und auf den Klingelknopf der Tür zu drücken, an der ein kleines Schild mit dem Namen *J. W. Dease* befestigt war.

Es dauerte eine Weile, bis sich etwas rührte. Da die Tür auf Augenhöhe einen Spion hatte, lächelte Leon sein bestes Lächeln, bis endlich der Schlüssel umgedreht wurde und die Tür aufging.

Wen immer Leon auch erwartet hatte, der Mann, der ihn mißtrauisch aus verschlafenen Augen musterte, entsprach keineswegs dem Bild, das er sich von John Warren Dease gemacht hatte.

»Mr. Dease?« fragte er deshalb vorsichtig.

Der Mann verzog sein Gesicht, in dem er noch Striemen vom Kopfkissen hatte.

»Wissen Sie, wieviel Uhr es ist?« fragte er mißgelaunt.

»Halb fünf am Nachmittag«, sagte Leon höflich.

»Halb fünf. Und da haben Sie die Stirn, wie ein Verrückter auf den Klingelknopf zu drücken?«

»Ich dachte, Sie sind auf«, sagte Leon entschuldigend. »Tut mir leid, Sir, aber normalerweise kriege ich nur Ärger, wenn ich Besuche um drei Uhr am Morgen mache.«

»Für mich ist es drei Uhr am Morgen, zum Teufel«, knurrte Dease. »Wer sind Sie und was wollen Sie? Ich habe diesem ungewöhnlich scharfsinnigen Kommissar alles gesagt, was ich weiß, und Inspektor Dearborn hat mir versprochen, daß man mich nicht mehr belästigt.«

Leon zog den Hut. »Gonsalez«, sagte er. »Leon Gonsalez vom Silbernen Dreieck.«

Die Augen des Hausportiers weiteten sich etwas. Er hatte vom Silbernen Dreieck gehört. Für einen Moment wußte er nicht so recht, was er erwidern konnte und wie er sich verhalten sollte. Schließlich trat er zurück und bot Leon an, einzutreten.

»Bitte gedulden Sie sich einen Moment«, sagte John

Warren Dease, ließ Leon im Flur zurück und verschwand in einem anderen Raum, der wahrscheinlich sein Schlafzimmer war.

Daß ihm gleich zu Beginn diese famose Gelegenheit geboten wurde, eine seiner ausgeprägtesten Fähigkeiten nutzbringend anzuwenden, hätte Leon Gonsalez nicht einmal im Traum gedacht. Blitzschnell sah er sich im schummrigen Flur um, zog die kleine Schublade an der hölzernen Garderobe auf, fand darin aber nicht, was er suchte. Glück hatte er, als er in die Tasche des Uniformmantels griff, der an einem Haken hing. Seine Finger berührten einen Metallring mit mehreren Schlüsseln. Behutsam zog er ihn heraus, und er war nicht überrascht, daran einen Metallanhänger mit den eingravierten Worten *Albert Palace Mansion* zu finden.

Irgendwo im Haus ging die Klosettspülung, und dann ertönte die Stimme Deases.

»Machen Sie es sich im Wohnzimmer bequem, Mr. Gonsalez. Die Tür rechts ist es.«

»Danke«, rief Leon, während er die Schlüssel inspizierte. Zwei sahen so neu aus, daß sie wohl kaum je benutzt worden waren. Sie gehörten vermutlich zur Vordertür. Die zakkigen Bärte waren identisch. Der dritte Schlüssel war etwas kleiner. Ein Einzelstück, in dessen Hals jemand den Buchstaben E eingestanzt hatte. E für Elevator. Die restlichen beiden Schlüssel waren wieder identisch, und dem blanken Metall nach wurden sie oft benutzt. Leon entschied sich, einen von ihnen mitzunehmen und sich ansonsten auf sein sprichwörtliches Glück zu verlassen. Paßte der Schlüssel zu der Tür, die er bei seinem Besuch am Morgen im Albert Palace Mansion unauffällig inspiziert hatte, war es kein Problem, ungesehen am Hausportier vorbeizukommen und in die oberen Stockwerke zu gelangen.

Leon saß längst in einem Polstersessel im gediegenen kleinen Wohnzimmer, als John Warren Dease wieder erschien. Jetzt sah er gut aus, frisch rasiert, mit glänzender Brillantine im Haar und in seiner makellosen Uniform. Außerdem roch er nach Kölnisch Wasser.

»Darf ich Ihnen einen Drink anbieten, Sir?« fragte er, aber Leon wehrte ab.

»Ich bin eigentlich hergekommen, um Ihnen ein paar Fragen zu stellen, die Scotland Yard möglicherweise zu fragen versäumt hat.« Leon lächelte.

»Versäumt? Dieser Roos hat sich ganz schön aufgespielt bei seiner dämlichen Fragerei. Wie ich vernahm, hat er auch dem Taxichauffeur zugesetzt.« John Warren Dease kniff die Augen etwas zusammen. »Weiß man denn schon etwas Neues?«

Leon verneinte. Natürlich hatte er keine Ahnung, was Inspektor Dearborn ausbrütete, aber er nahm nicht an, daß Scotland Yard in der Zwischenzeit Fortschritte gemacht hatte.

»Well, dann schießen Sie mal los, Mister Gonsalez«, forderte der Portier Leon auf.

»Erzählen Sie mir von Bernard Slane, Mr. Dease.«

»Was wollen Sie wissen?«

»Zum Beispiel, wer seine Wohnungsmiete bezahlt hat.«

»Davon habe ich keine Ahnung. Tut mir leid. Die Miete wird direkt auf das Konto der Maklerfirma überwiesen. Damit hat ein Portier nichts zu tun.«

»Aber es ist Ihnen doch bestimmt einige Male der Gedanke gekommen, daß Slane entweder ganz schön betucht sein mußte oder sich die Miete von einem anderen bezahlen ließ.«

John Warren Dease hob die Brauen. »Um das Privatleben meiner Mieter kümmere ich mich nicht, Mr. Gonsalez. Das habe ich schon dem Kommissar klipp und klar gesagt.«

»Ein Menschenkenner wie Sie macht sich keine Gedanken über die Leute, mit denen er tagtäglich zu tun hat?

Nein, Mr. Dease, das nimmt Ihnen vielleicht Scotland Yard ab, niemals aber das Silberne Dreieck.«

Dease lächelte geschmeichelt. Ja, er hielt sich selbst für einen ausgezeichneten Menschenkenner, eine Eigenschaft, die ihm den berufsmäßigen Umgang mit Mietern leicht machte.

»Well, Mr. Dease?« fragte Leon und lehnte sich erwartungsvoll im Polsterstuhl zurück.

»Slane war ein großer Lebemann vor dem Herren«, begann John Warren Dease, nachdem er kurz überlegt hatte. »In der kurzen Zeit, die er im Albert Palace wohnte, hat er nie einen Abend allein vor sich hin getrödelt.«

»Frauen?«

»Frauen und Whisky.« Dease grinste. »Nicht unbedingt in dieser Reihenfolge, wahrscheinlich.«

Leon nickte verstehend.

»Entweder kam er beschwipst nach Hause oder in Begleitung?«

»Oft auch beschwipst und in Begleitung.«

»Derselben Dame?«

»Nein.«

»Mehrere?«

Dease nickte. »Fünf. Vier davon könnten Barbekanntschaften sein oder Straßenbekanntschaften. Genau läßt sich das bei der Art dieser Damen nicht auf Anhieb feststellen.«

»Und die fünfte?«

»Die brachte er mehrere Male mit.«

»Haben Sie das auch Roos gesagt, oder Inspektor Dearborn?«

»Selbstverständlich. Wie ich schon sagte, dieser Roos ließ nicht locker.«

»Ein guter Mann, der bei Scotland Yard Karriere machen wird.« Leon erhob sich. »Der Name dieser fünften Dame ist Ihnen wohl nicht bekannt?« fragte er.

»Nein. Und eine Beschreibung könnte ich auch nicht abgeben. Meistens trug sie einen Hut mit Schleier, so als fürchtete sie, man könnte sie erkennen.«

»Und sonst? Statur?«

Dease legte den Kopf schief und seufzte. »Jung ist sie, und hübsch wird sie auch sein. Elegante Bewegungen. Teuere Kleider. Meistens blieb sie nicht länger als bis Mitternacht. Dann begleitete Slane sie nach unten. Das tat er für die anderen nicht.«

»Schon einmal den Namen Wilbraham gehört?« fragte Leon und beobachtete den Portier dabei scharf. Aber selbst wenn Dease den Namen nicht zum erstenmal hörte, er ließ sich nicht das geringste anmerken. Sein Gesichtsausdruck veränderte sich nicht, und er tat, als lauschte er dem Klang des Namens nach. »Nie gehört«, sagte er schließlich. »Sorry.«

Leon erhob sich. Fürs erste hatte er genug gehört. Auf dem Weg zur Tür blieb er noch einmal stehen. »Ihr Stellvertreter, Mr. Dease, wie war noch sein Name?«

»Parker. James Parker. Was ist mit ihm?«

»Seit wann arbeitet er als Portier?«

»Anderthalb Jahre. Guter Mann. Nicht gerade freundlich. Deswegen macht er kaum Trinkgeld.«

»Er war ziemlich nervös, als ich ihn heute früh sah«, sagte Leon und öffnete die Tür. Aus dem Augenwinkel blickte er noch einmal zurück, und er sah, wie John Warren Dease den Mund öffnete, um etwas zu sagen, sich dann aber anders entschied.

»Guten Abend«, sagte Leon und ging die Treppe hinunter.

Die Kneipe an der Regent Street hieß »Sunny's Restaurant«, und Sunny war eigentlich Joe »Sunny« Cotton, ehemaliger Preisboxer und Berufsringer, ein hünenhafter Mann mit einem Gesicht, das ihm wahrscheinlich einer mit einem Wellholz breitgewalzt hatte. Die Nase war völlig in das Gesicht eingedrückt, wie bei einem echten Gorilla, und mit seinen Ohren hätte er bei günstigen Aufwinden vielleicht sogar segeln können.

In Sunny's Restaurant hielt man nicht viel von Etikette. Als George Manfred, wie immer sportlich elegant gekleidet, den beinahe stockdunklen Raum betrat, spuckte ihm ein Gast unabsichtlich auf die neuen Wildlederschuhe, weil er den Messingnapf um Haaresbreite verpaßte.

Manfred verzichtete darauf, den Mann auch nur strafend anzusehen, denn bei diesem handelte es sich um ein anderes Prachtexemplar der menschlichen Rasse.

Der Mann grunzte nämlich nur, als er merkte, daß ihn seine Treffsicherheit verlassen hatte, und Manfred zog es vor, schnell zur Theke zu gehen und so zu tun, als hätte er selbst nicht alle Tassen im Schrank.

»Elendes Hundewetter«, lispelte er, und Lispeln konnte er nahezu perfekt, wenn er um seine Gesundheit fürchtete. »Slane schon hier?«

»Slane?« Sunny Cotton runzelte seine Stirn, die knapp zwei Finger breit war und voller Narben. Manfred fiel der Spruch »Narben sind Siege« ein. Irgendein Vollidiot muß diese Weisheit von sich gegeben haben, dachte er, denn Sunny Cotton sah nach allem anderen als nach einem Sieger aus.

»Slane«, wiederholte Manfred und kratzte sich hinterm Ohr. »Bernard heißt er. War im Knast. Vier Jahre Dartmoor. Im Sommer hatte der immer einen viereckig gewürfelten Sonnenbrand auf dem Rücken, von wegen der vergitterten Zellenfenster.«

Die Augen über den großen, schlaffen Tränensäcken wurden mißtrauisch. Manfred war gewarnt. Er versuchte es mit einem harmlosen Grinsen, aber das taugte nichts.

»Mann, wenn du vom Yard bist, lebst du hier gefährlich«, sagte Joe Sunny Cotton und schnaufte kurz durch die breitgeschlagene Nase aus, so wie es Boxer zu tun pflegen. »Das hier ist Sunny's Kneipe«, sagte er. »Hier drin ist Sunny der Boß, und falls das nicht reingeht in deinen Schädel, kann ich jederzeit ein ganz kleines bißchen nachhelfen.«

Manfred schluckte. »Wenn ich vom Yard käme, wäre ich nicht allein, nicht?« sagte er und hütete sich davor, den Riesen direkt anzusehen. Statt dessen überprüfte er eine Reihe von Etiketten an schmutzigen Flaschen, die auf einem Regal standen. »Hast du 'nen anständigen Scotch?«

»Gibst du 'ne Runde aus?«

»Hm, warum nicht.« Manfred lachte, aber in seinem Innern war er aufgewühlt wie nie zuvor in seinem Leben. Hatte nicht Poiccart deutlich genug verlauten lassen, wie knapp sie bei Kasse waren? Und jetzt sah er sich gezwungen, ein Dutzend finstere Gesellen mit Schnaps zu versorgen, der wahrscheinlich als Brennspiritus besser getaugt hätte.

Als Sunny Cotton seinen Gästen zu verstehen gab, daß Manfred eine Runde ausgab, herrschte für einen Moment Totenstille. Aus dem düsteren Zwielicht heraus starrten ihn lauernde Augen an, und Manfred merkte, wie seine Handflächen feucht wurden und ihm der Puls gegen die Schläfen hämmerte. Hatte er einen Fehler gemacht? Sein sonst so stabiles Selbstvertrauen ließ ihn schon fast im Stich.

»Wer ist er, Sunny?« fragte ein beinmagerer Mann, der entweder schwindsüchtig oder am Verhungern war. »Ein Greifer?«

Sunny lachte. Plötzlich langte er mit seinem langen Arm über die Theke und packte Manfred am Mantel.

»Soho-Charlie hat gefragt, ob du ein Greifer bist, Mister?«

»Ich bin ein Freund von Slane«, sagte Manfred. »Wir haben uns hier verabredet. Er hat gesagt, daß er hier nur

Freunde hat und daß dies der sicherste Platz auf der Welt ist, weil die Greifer niemals herkommen.«

Einer der anderen Gäste schälte sich aus dem Hintergrund, schob zwei weitere beiseite und trat näher. Zwei Schritte von Manfred entfernt blieb er stehen, den Kopf leicht zur Seite geneigt, die Augen schmal und wachsam.

Der Mann sah anders aus als die anderen. Bestimmt war er niemals Preiskämpfer gewesen. Er hatte ein hageres, scharfgeschnittenes Gesicht, mit dem wahrscheinlich Gonsalez etwas hätte anfangen können, da er der Gesichtsforscher des Trios war. Ein ganz besonderes Hobby, dem er die Bekanntschaft mit den unmöglichsten Individuen verdankte.

Manfred erwiderte den forschenden Blick des Mannes. Dieser lächelte plötzlich.

»Ich kenne dich«, sagte er halblaut und so bestimmt, daß Manfred den Namen verschluckte, den er notfalls hatte nennen wollen. »Ich weiß nur nicht, wo ich dich unterbringen kann. Aber ich kenne dich.« Der Mann trat an die Theke. »Ein Greifer ist das nicht«, sagte er zu den anderen. »Vielleicht ist er tatsächlich ein Freund von Bernard.«

»Kaum«, sagte ein anderer. »Dann wüßte er Bescheid.«

Manfred spielte Interesse vor, obwohl er wußte, was kommen würde. »Über was müßte ich Bescheid wissen?« fragte er und drehte sich Sunny zu. »Was ist los, Mister? Slane hat mir nie gesagt, daß dies hier ein Affenkäfig ist.«

»Gibst du nun einen aus oder nicht?« fragte der hagere Mann. »Zum Andenken an Bernard Slane.«

Manfred verzog das Gesicht. »Wieso zum Andenken?« fragte er mit gespieltem Mißtrauen. »Es ist ihm doch nicht etwa etwas passiert?«

Sunny Cotton stützte die Ellbogen auf die Theke und lehnte sich weit zu Manfred herüber. Sein Atem roch nach Zwiebelkuchen und Gin. Aus der Nähe konnte Manfred erkennen, daß seine Augen von unzähligen roten Äderchen durchzogen waren, wie das bei Gewohnheitstrinkern oft der Fall ist.

»Jemand hat ihn mit einem Schraubenschlüssel so übel zugerichtet, daß er sich nicht wiedererkennt, wenn er in der Hölle aufwacht und in den Spiegel guckt.«

Manfred holte tief Luft. »Tot?« fragte er so dämlich wie möglich.

»Absolut«, sagte Sunny und schnaubte kurz durch die Nase. »Absolut tot. Steht sogar in der Zeitung. Titelseite. Und da er hier Schulden hat, bin ich eigentlich froh, daß du hergekommen bist.«

Manfred hob die Brauen. Er wollte eigentlich sagen, daß seine Barschaft nicht mehr als acht Shilling betrug, aber die Worte, die ihm über die Lippen kamen, waren andere: »Well«, sagte er, »ich glaube, Slane würde sich riesig freuen, wenn wir uns zu seinem Andenken anständig besaufen, nicht?«

Und wenn Manfred einen Einwand erwartete, so hatte er sich getäuscht. Joe Sunny Cotton war längst dabei, ein Dutzend Gläser randvoll zu gießen. Er war der erste, der sein Glas hob und Manfred zuprostete. »Wie war noch dein Name, Freund?« fragte er.

Manfred blickte den hageren Mann an, der neben ihm an der Theke stand.

»Wilbraham«, sagte er, aber der hagere Mann zuckte nicht einmal mit der Wimper.

4. Kapitel
Der geheimnisvolle Anruf

Es war zehn Uhr in der Nacht, als Leon Gonsalez unterwegs zum Albert Palace Mansion war. Die Straßen waren wie ausgestorben. Dichter Nebel hüllte die ganze Stadt ein. Im Radio hatte man die Bewohner Londons aufgefordert, daheim zu bleiben oder zumindest das eigene Auto zu Hause zu lassen und ein öffentliches Verkehrsmittel zu benützen.

Leon hatte Harry Reynolds angerufen. Reynolds war mit seinem Taxi beim Charing Cross stationiert, dem Hauptbahnhof der Southern Region im West End. Des dicken Nebels wegen dauerte es fast eine Stunde, bis er am Hauptportal des Restaurants anlangte, wo Leon zu Abend gespeist hatte.

Auf der Fahrt zum Albert Palace setzte ein leichter Nieselregen ein. Harry Reynolds erzählte Leon, daß ihn Scotland Yard am Spätnachmittag noch einmal ins Präsidium bestellt hatte.

»Wozu?« wollte Leon wissen.

»Inspektor Dearborn wollte wissen, ob mir Slane auf der Fahrt irgend etwas aus seinem Privatleben erzählt hat. Er meinte, Betrunkene benützten oft Barmixer und Taxichauffeure, um ihr Herz auszuschütten.«

»Und? Hat dir Slane von seiner verbotenen Liebe zu Mrs. Wilbraham erzählt?«

Harry Reynolds lachte. »Er hat sich darüber beklagt, daß er keine Arbeit findet. Ich dachte, was braucht dieser feine Pinkel überhaupt Arbeit. Solange er sich besaufen kann und trotzdem die Miete aufbringt, um im Albert Palace zu wohnen, verdient er kein Mitleid.«

»Als man ihn fand, hatte er keinen Penny in der Tasche«, sagte Leon.

»So?« Harry Reynolds bog in eine Seitenstraße ein. »Die Zeitungen berichten, daß man eine Hotelrechnung bei ihm gefunden habe. Aus der Schweiz. Mr. und Mrs. Wilbraham. Ich bin sicher, daß sich Slane dort mit einer wohlhabenden Dame aufgehalten hat.«

»Das ist auch meine Vermutung, Harry. Wir müssen die Dame auftreiben, dann wird es nicht mehr schwierig sein, den Mörder zu entlarven und dem Henker auszuliefern.«

»Wenn ich dir einen Rat geben darf, Leon, an deiner Stelle würde ich in der Unterwelt suchen. Würde mich nicht wundern, wenn sich Mrs. Wilbraham als eine Ganovenbraut entpuppte.«

»Das könnte gut sein«, gab Leon zu. »Manfred kümmert sich darum. Kneipentour in Soho. Er fängt dort an, wo Slane wahrscheinlich seinen letzten Whisky getrunken hat.«

»Sunny's Restaurant? Eine üble Kneipe, Leon. Manfred muß aufpassen, daß man ihn nicht hinterrücks abmurkst und stillschweigend verschwinden läßt.«

»Er hat Erfahrung in solchen Dingen.« Leon lehnte sich zurück. »Würdest du mir einen Gefallen tun, Harry?« fragte er dann.

»Sicher.« Harry grinste. »Was soll ich tun? Dir den Rükken freihalten oder irgend jemand bespitzeln?«

»Nichts Besonderes. Ich habe hier einen Schlüssel, der wahrscheinlich zur Hintertür im Albert Palace Mansion paßt. Ich glaube zwar, daß es mir gelingen könnte, unbemerkt an John Warren Dease vorbeizukommen, aber ich möchte lieber kein Risiko eingehen. Der Mann ist wachsam wie ein Sperber.«

Harry kratzte sich hinterm Ohr, während er den Wagen langsam zwischen geparkten Autos hindurchsteuerte, die im Nebel nur schemenhaft zu erkennen waren.

»Ich soll ihn ablenken, was?«

Leon nickte. »Verwickle ihn in ein Gespräch. Sag ihm, man hätte dich noch einmal aufs Präsidium bestellt. Die Neugier wird ihn dazu veranlassen, Fragen zu stellen.«

»Wie lange brauchst du, um in den ersten Stock zu gelangen?«

»Einige Minuten.«

»Und wenn du oben bist?«

»Ich sehe mich in Slanes Wohnung in aller Ruhe um. Du brauchst dich darum aber nicht mehr zu kümmern. Wahrscheinlich dauert es eine Weile, bis ich fertig bin.«

»Und was soll ich in der Zwischenzeit tun?«

»Das, was du immer tust. Wenn ich fertig bin, gehe ich zur nächsten Telefonkabine und rufe ein Taxi an. Falls du dann an deinem Standort bist, kannst du mich abholen und in die Curzon Street fahren.«

Harry hielt den Wagen am Straßenrand an. »Dort drüben muß es sein«, sagte er und zeigte über eine Kreuzung hinweg in den grauen Nebel. »Wenn du dich nach links hältst, kommst du an eine Häuserlücke. Ich denke, daß sie zum Hinterhof führt. Ich warte hier ein paar Minuten, dann fahre ich zum Haupteingang.«

Leon legte dem Taxichauffeur die Hand auf die Schulter und bedankte sich.

Harry Reynolds winkte ab. »Bin ich dir schuldig«, sagte er halblaut. »Mach's gut, Leon.«

Leon stieg aus. Schon nach wenigen Schritten konnte er den Wagen von Harry Reynolds nicht mehr sehen. Er hörte nur noch eine Weile gedämpft das Motorengeräusch im Leerlauf. Leon überquerte die Kreuzung, und er fand die Häuserlücke auf Anhieb, die er schon am Morgen vorsichtshalber inspiziert hatte.

Hier, zwischen den fensterlosen Backsteinmauern, roch es nach fauligem Unrat und nach Hundekot. Einige der verbeulten Mülltonnen waren am Überquellen, und als

Leon mit dem Fuß gegen einen Blecheimer stieß, schreckte er einen mageren Hinterhofköter auf, dem das verfilzte Fell zottig von den Knochen hing. Mit eingezogenem Schwanz schlich er an der Hausmauer entlang und verschwand im Nebel.

Leon erreichte einen alten Gitterzaun. Die Tür war nicht abgeschlossen. Vom Zaun führte ein Pflastersteinweg in einen kleinen viereckigen Hof, in den wahrscheinlich selbst im Hochsommer nie ein Sonnenstrahl drang. Die Mauern waren feucht und voller Moosflechten. Sie hatten nur kleine Toilettenfenster. Blitzableiter führten an den Häuserecken entlang zu den Dächern hoch, und Leon fragte sich, ob Bernard Slane seine Wohnung vielleicht auf diesem Weg verlassen hatte, was allerdings kaum wahrscheinlich war. Slane hätte ein akrobatischer Schlangenmensch sein müssen, um durch das winzige Toilettenfenster seiner Wohnung zu klettern und sich dem schmalen Sims entlangzutasten, um schlußendlich am rostigen Eisenstab des Blitzableiters hinunterzuklettern.

Bei der Hintertür trat Leon einer Ratte auf den Schwanz. Quietschend rannte sie davon und verkroch sich in einem Mauerloch.

Einen Moment verharrte Leon still und lauschte. Nichts war zu hören. Nicht einmal ein Geräusch von der Straße drang bis zum Hinterhof vor. Über ihm, im vierten Stock des gegenüberliegenden Hauses, ging ein Licht an. Für einen Moment huschte der Schatten einer Gestalt über das kleine Milchglasfenster.

Leon nahm den Schlüssel aus seiner Manteltasche und steckte ihn behutsam ins Loch. Er paßte. Vorsichtig drehte er ihn um. Das Schloß öffnete sich lautlos. Leon wartete einige Sekunden, bis er den Schlüssel herauszog und die Klinke niederdrückte. Ohne ein Geräusch zu verursachen, öffnete er die Tür und schlüpfte durch den Spalt ins Innere des Albert Palace Mansion. Schwacher Lichtschein fiel über eine Treppe herunter in den kleinen Raum, in dem allerlei Werkzeuge und Geräte untergebracht waren. Eine Tür, die vermutlich ins Kellergewölbe führte, stand einen Spalt breit offen. Ein kühler, modrig riechender Luftzug berührte Leons Gesicht. Unwillkürlich zog er den Kopf ein und wartete, bis sich seine Augen etwas an die veränderten Lichtverhältnisse gewöhnt hatten.

Ganz leise vernahm er Stimmen. Harry mußte sich inzwischen oben in der Halle befinden.

Leon ging die Betontreppe hoch. Er trug Schuhe mit Gummisohlen, und er trat so leicht und vorsichtig auf, daß nicht einmal er selbst seine Schritte hören konnte.

Je weiter er nach oben kam, desto heller wurde es und desto lauter wurden die Stimmen. Es war tatsächlich Harry Reynolds, der sich mit John Warren Dease unterhielt. Die beiden redeten über Fußball und nicht, wie Leon vermutet hatte, über den Fall Slane. Nächste Woche waren die letzten Meisterschaftsspiele der ersten Division. Nottingham Forest gegen Chelsea. Ganz London redete davon.

Leon erreichte die Halle. Er schlich, mit dem Rücken eng an der Wand, zu einer Marmorsäule. Dort blieb er stehen. Von hier aus mußte er die Halle etwa sechs Meter weit offen durchqueren, um am Lift vorbei zur Treppe zu gelangen. Leon zögerte. Wenn ihn der Portier entdeckte, mußte er mit Ärger rechnen, denn er drang mit einem gestohlenen Schlüssel unberechtigt in ein Haus ein. John Warren Dease hätte ohne weiteres Scotland Yard anrufen können, und Dearborn hätte sich die Gelegenheit niemals entgehen lassen, dem Silbernen Dreieck eins auszuwischen.

Leon lächelte bei diesem Gedanken. Guter, alter Snake-Eye, dachte er. Bestimmt läuft er im Kreis wie ein Brunnengaul mit Scheuklappen.

Leon lugte vorsichtig um die Säule zum Portal hinüber. Dort stand Harry Reynolds gegen das Anmeldepult gelehnt und sagte eben: ». . . und wenn Chelsea mehr über den linken Flügel angreifen würde, könnte die ganze rechte Seite etwas entlastet werden. Dieser Jobson rechtsaußen taugt doch überhaupt nichts mehr, seit er auf dem Titelblatt von diesem dämlichen Gesellschaftsmagazin abgedruckt worden ist.«

»In Farbe auch noch«, sagte John Warren Dease, und die beiden schienen sich ausnehmend gut zu verstehen. »Wußte gar nicht, daß der so blasse Lippen hat.«

»Blasse Lippen. Der ist überhaupt blaß für einen Flügelstürmer. Letzten Sonntag hätte ich den schon in der ersten Halbzeit ausgewechselt. Kam ja nicht eine einzige anständige Flanke zur Mitte. Blaß, kann man da nur sagen. Äußerst blaß, und zwar nicht nur die Lippen, was womöglich sowieso nur ein Farbfehler beim Drucken war.«

»Chelsea ist nicht so gut wie letztes Jahr. Und nicht nur wegen Jobson«, sagte John Warren Dease.

»Trotzdem glaube ich, daß Chelsea die Meisterschaft gewinnt. Ein Punkt reicht.«

»Nicht, wenn Leads gewinnt. Wenn nämlich Leads gewinnt, dann sieht die Tabelle folgendermaßen aus. Dann hätte nämlich Leads achtzehn Punkte und Notting Forest wäre . . .«

Leon huschte quer durch die Halle und die Treppe hoch, während der Portier Harry Reynolds die Tabellensituation vor dem letzten Spieltag der englischen Meisterschaft zu erklären versuchte. Leon ging hin und wieder zu einem Spiel; sein Lieblingsclub war Southwark United, vierte Division, und wenn er sich recht erinnerte, hatten die in dieser Saison erst ein Spiel gewonnen und für zwei Unentschieden je einen Punkt erhalten. Abstiegsgefährdet. Fünfte Division. Was soll's, dachte Leon. Unten geht es oft spannender zu als oben.

Die Tür zu Slanes Wohnung öffnete Leon mit dem Schlüssel, den er unbemerkt in der Küche von einem Brettchen an der Wand geangelt hatte, während Inspektor

Philander Dearborn gegen den Herd knallte und beinahe das Ofenrohr aus der Decke riß. Daß vor ihm die Beamten der Spurensicherung den Schlüssel nicht entdeckt hatten, sprach wieder einmal gegen die vielgerühmte Tüchtigkeit der Scotland Yard-Beamten.

Leon machte kein Licht in der Wohnung. Er hatte sich beim ersten Besuch unauffällig, aber genau umgesehen, und jetzt benutzte er nur seine kleine Taschenlampe. Dabei beachtete er, daß der Lichtkegel niemals die Glastür traf und auch nicht die Fenster.

Leon betrat das Schlafzimmer, und erst jetzt bemerkte er, wie kalt es eigentlich in dieser Wohnung war. Das lag nicht nur daran, daß nicht geheizt wurde, sondern auch daran, daß es sich um die Wohnung eines Toten handelte. Wohin auch Leon die Taschenlampe richtete, Bernard Slane war so gegenwärtig, als wäre sein Geist hierher zurückgekehrt.

Sein Bett war zerwühlt, ein paar Kleidungsstücke lagen achtlos auf dem Teppich vor der Kommode, auf der zwei gerahmte Bilder standen. Eines davon zeigte einen jungen, gutaussehenden Mann. Er stand vor einem Jaguar Sport-Coupé, das auf Hochglanz poliert war. Die andere Fotografie, braun und fleckig, war goldgerahmt und zeigte das Porträt einer Frau, die wahrscheinlich im letzten Jahrhundert gelebt hatte. Slanes Mutter oder sogar vielleicht seine Großmutter, dachte Leon. Er betrachtete den Mann vor dem Jaguar. Das war wahrscheinlich Bernard Slane persönlich, etwa vor fünf Jahren und vermutlich kurz bevor man ihn erwischte und für einige Zeit hinter Gitter schickte.

Beide Bilder erschienen Leon bedeutungslos, und so suchte er weiter, öffnete Schublade um Schublade, wühlte im Zeug herum, das die Beamten der Spurensicherung schon einmal durchgekramt hatten, und fand schließlich zwischen Unterhemden einen kleinen Goldanhänger, auf dessen Vorderseite ein Widder eingraviert war und auf der Rückseite die Buchstaben S. G. in einem Herz.

S. G.

Leon Gonsalez probierte im Geiste ein paar Namen. Sally Gardner. Sophie Green, Stephanie Gurley. Im Telefonbuch unter G nachsehen. Leon blickte sich um. Slane hatte im Schlafzimmer kein Telefon. Aber draußen im Flur hatte Leon eines gesehen, auf einem kleinen, halbrunden Garderobentischchen. Auf einer Ablage fand er das Telefonbuch. Zwanzig Seiten G, mindestens. Leon blätterte eine um die andere durch, überflog die Namen nur und hoffte, daß Slane vielleicht eine Nummer markiert hatte.

Nichts.

Leon wollte das Buch zuschlagen, als das Telefon klingelte. Er griff sofort nach dem Hörer und hob ihn an sein Ohr, ohne sich zu melden.

Zuerst hörte er nur schwaches Atmen. So, als hätte es jemand eilig gehabt, ans Telefon zu laufen.

Sekunden verstrichen. Dann fragte eine leise Stimme: »Ist dort jemand? Hallo, wer ist dort? Hallo! Hallo!«

Leon war sicher, daß es sich bei dem Anrufer um eine Frau handelte, obwohl die Stimme entweder verstellt oder aber die Verbindung schlecht war. Leon merkte, wie ihm warm wurde. Sofort fiel ihm die Hotelrechnung ein.

»Sind Sie das, Mrs. Wilbraham?« fragte er und versuchte, seiner Stimme einen ruhigen Klang zu geben, um die Frau nicht zu erschrecken.

»Mrs. Wilbraham!« wiederholte Leon noch einmal, als er keine Antwort erhielt.

Am anderen Ende des Drahtes blieb es still. Dann machte es plötzlich klick, und Leon nahm den Hörer vom Ohr, blickte ihn einen Moment an, bevor er ihn schließlich auflegte.

Leon ging in die Küche, als er draußen auf dem Flur ein Knacken hörte, dann ein Summen. Der Lift war in Bewegung gesetzt worden. Leon rührte sich nicht mehr. Das Summen verstummte. Das Scherengitter wurde geöffnet, und so wie es klang, hatte der Aufzug im ersten Stock gehalten.

Dearborn kam mit gezogener Dienstwaffe in die Küche und rannte Leon beinahe über den Haufen. Es war ein Wunder, daß er nicht abdrückte, obwohl Leon vorsichtshalber die Hände erhoben hatte und sich von oben mit einer Taschenlampe ins Gesicht leuchtete.

»Ich bin's, Gonsalez!« rief er schnell und wich zurück.

Dearborn blieb stocksteif stehen, starrte Leon entgeistert an und zerquetschte einen Fluch zwischen den Zähnen. »Gonsalez, zum Teufel, haben Sie mich erschreckt!« Dearborn ließ seine Pistole umständlich irgendwo im Mantel verschwinden und tastete mit der anderen Hand nach dem Lichtschalter.

Hinter ihm erschien John Warren Dease in der Türöffnung, einen riesigen Schraubenschlüssel in den Händen.

»So einfach ist das nicht, John Warren Dease aufs Kreuz zu legen«, sagte er grimmig. »Als dieser dämliche Taxifahrer anfing, vom Fußball zu reden, wußte ich, daß irgend etwas nicht stimmt. Dazu das Fehlen eines meiner Schlüssel . . .«

Leon lächelte etwas verlegen, steckte seine Taschenlampe ein und hob die Schultern. »Dachte, daß ich hier drin auf eine Spur stoße«, sagte er.

Dearborn kniff sofort die Augen zusammen. Das tat er immer, wenn er verunsichert war.

»Und?« fragte er.

»Well«, sagte Leon.

»Was haben Sie gefunden, Gonsalez.«

»Nichts«, log Gonsalez.

Dearborn schüttelte den Kopf. »Versuchen Sie nur nicht, mir was vorzumachen, Gonsalez. Sie sitzen ganz schön in der Tinte. Unten stehen zwei Konstabler bereit, Sie ins Revier zu geleiten, in Handschellen, falls es notwendig sein sollte.«

»Im Ernst?« fragte Leon und hob die Brauen. »Well, dann verrate ich Ihnen lieber, daß mir ein Anhänger mit einem eingravierten Monogramm interessant vorkam.«

»Wo?«

»Im Schlafzimmer. Zweitunterste Schublade der Kommode. Dort, wo die Unterwäsche drin ist.«

»Da habe ich doch . . .« Dearborn unterbrach sich, aber Leon wußte, was er hatte sagen wollen. Und er grinste schadenfroh.

»Machen Sie sich nichts draus, Verehrtester«, spöttelte er. »Selbst einem geübten Auge kann eine solche Kleinigkeit leicht entgehen.« Leon griff in die Tasche und nahm die dünne goldene Kette mit dem Anhänger heraus. »Lag zwischen zwei noch ungebrauchten Angora-Unterhemden. Vielleicht ein Geschenk für den Winter.«

Dearborn griff so heftig nach dem Anhänger, daß sich Leon veranlaßt fühlte, die Hand im letzten Moment zurückzuziehen. Dearborn griff leise knurrend dreimal hintereinander ins Leere, und schließlich beherrschte er sich und schnaubte, daß er jetzt dieses Kinderspiel satt habe. Da gab ihm Leon den Anhänger.

John Warren Dease trieb die Neugier näher. Als er über Dearborns Schulter blicken wollte, schloß dieser die Hand. »Ich bitte Sie, Mr. Dease«, ermahnte Dearborn den Portier, der sofort zurücktrat, sichtlich enttäuscht, daß man ihn nicht an der Aufklärung dieses Falles teilhaben lassen wollte.

Leon lächelte mitleidig und zeigte auf den Schraubenschlüssel in Deases Hand. »Ganz schönes Mordinstrument, das Sie da in der Hand haben, Mr. Dease. Ich nehme an, der Inspektor hat Sie schon nach dem Waffenschein gefragt?«

Dearborn fuhr herum, erkannte, daß Leon scherzte, und schüttelte den Kopf. »Lassen Sie die Scherze, Gonsalez. Mr. Dease gehört nicht zu den Verdächtigen.«

»Gibt es denn schon Verdächtige?« fragte Leon zurück und ging zur Tür. Mit einer fast eleganten Bewegung zauberte er den Schlüssel zur Hintertür aus seinem Mantel und hielt ihn John Warren Dease vor die Nase. »Mit bestem Dank zurück«, sagte er. »Und noch was, Mr. Dease. Ich bin überzeugt, daß Leads das Spiel am Sonntag verliert, Nottingham und Chelsea unentschieden spielen und Liverpool Meister wird.«

John Warren Dease machte Augen wie Spiegeleier, und Leon konnte deutlich sehen, wie es in seinem Kopf arbeitete. Schließlich, als Leon schon fast bei der Wohnungstür war und auf den Flur hinaustreten wollte, holte ihn der Portier ein und hielt ihn am Mantelärmel zurück.

»Unmöglich«, sagte er im Brustton der Überzeugung. Aber bevor er damit anfangen konnte, die Tabellensituation noch einmal zu erklären, war Leon auf dem Weg die Treppe hinunter. In der Halle standen tatsächlich zwei Konstabler, und Harry Reynolds lehnte am Anmeldepult. Als Leon auf ihn zuging, blickte er betreten zu Boden, so als hätte er die Schuld am plötzlichen Auftreten der Beamten.

5. Kapitel
Keine Spur

Poiccart war nicht da. Wahrscheinlich verbrachte er die Nacht in Princetown, wo sich das Dartmoor-Gefängnis befand.

Als Leon in das kleine Haus an der Curzon Street zurückkehrte, brannte nirgendwo Licht. Ein Zettel lag auf dem Marmortischchen. *Falls Tracy anruft, sag ihr bitte, daß wir vielleicht den Kurzurlaub an den Vierwaldstädter See verlegen sollten. Mit einem letzten Gruß, Manfred.*

Leon zerknüllte den Zettel und warf ihn auf die Feuerstelle des Kamins, in dem allerdings kein Feuer brannte. Es war kalt in der Wohnung. Leon drehte die Gasheizung an, ging in das Archiv, in dem außer einem kleinen Schreibtisch und einem Stuhl nichts mehr Platz hatte. Die Wandregale waren mit Akten überladen, und selbst auf dem Boden stapelten sich Papiere bis unter den Sims des Fensters, dessen Rolladen immer geschlossen waren.

Leon nahm einen Schreibblock und einen Bleistift zur Hand und machte sich Notizen über die Ereignisse, die irgendwie mit dem Fall Slane zusammenhingen. Wenn er nicht mehr weiterkam, half es ihm oft, seine Gedanken zu Papier zu bringen und das Geschriebene anschließend durchzulesen. Dadurch entstanden in seiner Phantasie Bilder, die wie Teile eines Puzzles zusammenpaßten. Aber wie auch immer er sich an diesem Abend alles hin und her überlegte, er kam dem Rätsel um den Mord an Bernard Slane nicht auf die Spur. Zu viele Fragen blieben unbeantwortet.

Wie kam es, daß sich Slane einen so teuren Lebensstil leisten konnte? Wer bezahlte seine Kleider und seine Wohnung? Warum sollte eine Frau ein Interesse daran haben, einen ehemaligen Dartmoor-Häftling mit Geld zu versorgen? Wer war Mrs. Wilbraham? Hatte Slane noch immer Verbindung zur Unterwelt? Was hatte ihn eigentlich dazu getrieben, Verbrechen zu begehen, wenn er doch früher ein erfolgreicher Makler gewesen war? Ging es um eine Frau? Um Geld, das ihm von einem früheren Verbrechen geblieben war? Wer war S. G.? Und wer war die geheimnisvolle Anruferin gewesen?

Leon hob den Kopf und warf einen Blick auf die Wanduhr.

Zwei Uhr dreißig.

Kein Wunder, daß er keinen klaren Gedanken mehr fassen konnte. Er war abgespannt. Müde. Leon verließ das Archiv, machte den Kronleuchter im Eßzimmer aus, ließ aber die kleine Stehlampe auf dem Marmortischchen brennen. Bevor er auf sein Zimmer ging, überprüfte er die Haustür. Sie war abgeschlossen.

Gähnend ging er die Treppe hinauf, und als er im obersten Stockwerk anlangte, klingelte das Telefon. Für einen Moment blieb Leon wie erstarrt stehen. Das schrille Klingeln klang zu dieser Nachtzeit überlaut und drängend. Obwohl sich sonst keiner im Haus aufhielt und somit niemand im Schlaf gestört werden konnte, hastete Leon die Treppe hinunter und nahm den Hörer ab.

»Hallo?« fragte er.

Nichts.

»Hallo! – Hier ist die Detektiv-Agentur das Silberne Dreieck. Gonsalez am Apparat.«

»Mr. Gonsalez?«

»Ja. Bitte, sprechen Sie!«

»Ich bin . . . Mr. Gonsalez, es geht um Bernard – ich meine, um Mr. Slane.«

»Oh, wenn Sie mir zuerst Ihren Namen sagen würden, Madam.«

Schweigen.

»Hallo! – Sind Sie noch dran? Hören Sie, wenn Sie sich nicht zu erkennen geben wollen, dann brauchen Sie . . .«

Leon brach ab. Am anderen Ende der Leitung hatte jemand aufgehängt. Für eine Weile blieb es still. Dann meldete sich das Fräulein vom Amt und fragte, ob sie eine Verbindung herstellen könne. »Nein, danke«, sagte Leon und legte auf.

Um fünf Uhr am Morgen brachten sie Manfred nach Hause. Es waren vier, und sie kamen gröhlend die Curzon Street herunter. Leon erwachte und sah sie vom Fenster aus im Nebel herumtaumeln. Sie hatten sich eingehakt, und wenn einer umfiel, zog er die anderen mit sich.

Zuerst dachte Leon daran, die Polizei zu rufen, aber dann, als die vier unter einer Laterne waren, blickte einer von ihnen hoch, und Leon erkannte ihn sofort. Es war Manfred. Das Haar stand ihm vom Kopf ab, und er trug keinen Mantel. Das Hemd stand ihm bis zum Nabel offen, und die Hosenbeine hatte er hochgerollt, so daß seine Strümpfe und die Sockenhalter sichtbar waren.

Auf der anderen Straßenseite, in dem Haus, das von einem ältlichen Ehepaar bewohnt wurde, ging ein Licht an. Die Frau öffnete das Fenster und bat um Ruhe. Da fing einer von Manfreds Begleitern an, eine Serenade zum Besten zu geben. Laut und falsch. Leon sah, wie die Frau in die Küche ging und mit einem Korb voll Holzscheite zurückkehrte. Ohne Warnung fing sie an, die vier Betrunkenen zu bombardieren, und sie hatte eine treffsichere Hand. Schon das erste Scheit traf einen von Manfreds Freunden in den Nacken, so daß er wie vom Blitz gefällt in die Knie ging. Die Frau kreischte triumphierend, traf Manfred gegen die Brust und einen anderen am Schienbein. Darauf ergriffen sie alle Hals über Kopf die Flucht, und Manfred zog es vor, hinter einem geparkten Auto in Deckung zu gehen.

»Der Teufel soll mich holen, wenn das nicht einer vom Silbernen Dreieck ist«, hörte Leon die Frau lärmen. »Die Polizei wird euch schon noch Manieren beibringen, verlaßt euch drauf.«

Da sie keine Scheite mehr hatte, knallte sie das Fenster zu, und Manfred hatte Zeit, sich im Haus in Sicherheit zu bringen. Im Flur fiel irgend etwas um, wahrscheinlich der Garderobenständer. Dann polterte Manfred die Treppe hoch, und Leon konnte ihn lispeln hören.

Am Morgen fand er ihn in der Toilette auf dem Boden; er hatte den Kopf zwischen der Toilettenschüssel und der Badewanne eingeklemmt. Trotzdem schlief er.

Poiccart kam am Vormittag mit dem Zug nach London zurück.

»Die Fahrkarte hätten wir uns sparen können«, sagte er mißgelaunt, als ihn Leon am Bahnhof abholte. »Nichts. Man hat versucht, Slane in einem anderen Gefängnis unterzubringen, wo er die Buchdruckerkunst hätte erlernen können. Aber dagegen hat er sich gesträubt. Er blieb bis zum letzten Tag in Dartmoor, und die ganze Zeit hatte er mit niemandem Verbindung außer einmal, als er krank war. Da kriegte er Arztbesuch, weil er sich weigerte, vom Gefängnisarzt untersucht zu werden.«

»Nichts Außergewöhnliches, nehme ich an«, sagte Leon.

»Nein. Der damalige Gefängnisarzt war früher beim Militär. Ein richtiger Knochenflicker, dem der Herr Gefängnisdirektor nicht einmal seinen Setter anvertraut hätte.«

»Briefkontakte?«

»Nein. Nichts. Slane hatte lange Zeit eine Zelle für sich. Bis zu jener Krankheit. Im Lazarett traf er dann auf Stephen Garvin, und mit dem hat er sich anscheinend gut verstanden. Die letzten zwei Jahre haben sie sich eine Zelle geteilt.«

»Wurden sie zusammen entlassen?«

»Nein. Garvin saß wegen mehrfachen Betrugs. Er wurde anderthalb Monate vor Slane entlassen. Seither fehlt jede Spur von ihm. Er hat sich nicht, wie ihm aufgetragen wurde, bei der örtlichen Behörde gemeldet. Entweder ist er nicht in London, oder er hält sich in der Unterwelt auf.«

»Für einen kleinen Betrüger ist die Londoner Unterwelt ein heißes Pflaster, Poiccart. Glaubst du nicht, daß er versucht hätte, mit einem Zellenkumpel Kontakt aufzunehmen, nachdem dieser ebenfalls entlassen war?«

»Was nützt es, wenn ich das denke, Leon?« Poiccart schüttelte den Kopf. »Ich habe mir auf der Fahrt nach Princetown und zurück einen feinen Kriminalroman ausgedacht, den ich möglicherweise sogar einmal schreiben werde. Aber mit der Wirklichkeit hat er nichts zu tun.«

»Was ist die Wirklichkeit?«

»Daß wir nichts haben. Nicht einmal eine hauchdünne Spur. Und Scotland Yard tappt genauso im Dunkeln. Weißt du, Leon, ich werde einfach das Gefühl nicht los, daß dieser Portier die Finger im Spiel hat.«

»Dease? Warum ausgerechnet Dease?«

»Wer denn sonst? Reynolds? Okay, warum nicht. Es muß eine einfache Erklärung für diesen Mord geben. Raub! Slane hatte Geld bei sich. Viel Geld. Er hat damit geprotzt. Vor Reynolds, dem es ja nicht gerade gold geht, oder? Und da hat er ihm eine Radkappe über den Schädel geschlagen.«

Leon lächelte. »Du vergißt, daß Slane in seiner Wohnung war, als Reynolds vom Albert Palace Mansion wegfuhr. Dafür gibt es einen Zeugen.«

»Dease!« schnappte Poiccart.

»Ja. Und seine Aussagen sind wohl nicht zu erschüttern, mein Lieber.«

»Dann stecken die beiden unter einer Decke.«

»Wenn dir nichts Besseres einfällt, zweifle ich daran,

daß du jemals einen Kriminalroman veröffentlichen wirst, Raymond.«

Zu Hause wurden sie von George Manfred empfangen, und der war noch immer ziemlich grün um die Nase. Außerdem hatte er ein Pflaster über dem rechten Auge und auf der Stirn und ein steifes Genick.

»Was ist los, bist du unter eine Dampfwalze geraten?« fragte ihn Poiccart im Vorbeigehen.

»Mrs. Triplestick von nebenan wird sich nur durch eine Schachtel Pralinen besänftigen lassen«, sagte Leon. »Sie hat heute angerufen, außer sich vor Zorn, und hat mir mit der Polizei gedroht. Und als ich ihr sagte, daß George möglicherweise daran denken könnte, sie wegen Körperverletzung zu verklagen, da lachte sie nur. ›Nächstesmal haue ich ihm den Schädel ein, diesem Schürzenjäger!‹ hat sie gesagt.«

»Klingt mir, als wäre sie ein bißchen eifersüchtig«, sagte Poiccart. »Wann machst du ihr eine Aufwartung, George?«

George Manfred brummte etwas, was keiner verstehen konnte, und schlurfte bedächtig in den Salon zurück. Jede Bewegung übertrug sich wie ein Hammerschlag auf seinen Kopf, und sein Magen war derart durcheinander, daß ihm übel wurde, als Leon die Pralinen erwähnte.

Erst gegen Nachmittag ging es ihm etwas besser. Er erzählte von seinem nächtlichen Abenteuer in Sunny's Restaurant am Rande von Soho und kam zu dem Schluß, daß eine Spur ganz eindeutig in die Unterwelt führte.

»Stephen Garvin«, sagte er. »Das ist der Mann, mit dem Bernard Slane die Zelle teilte. Ein kleiner Betrüger, der wahrscheinlich Großes im Sinn hat. Deshalb verzichtete er darauf, sich zu melden.«

»Stephen Garvin?« Leon lehnte sich im Stuhl zurück. »Das Monogramm auf dem Anhänger! S. G.! Glaubt ihr, daß ein Mann einem anderen Mann einen Anhänger gibt, auf den ein Herz eingraviert ist?«

»Möglich ist das schon«, sagte Poiccart, der sich darüber ärgerte, daß niemand seinen Astern frisches Wasser gegeben hatte. »Im Knast ist alles möglich. Die beiden müssen sich angefreundet haben. Und als Slane herauskam, erwartete ihn Garvin mit zwei Angora-Unterhemden und einem Anhänger.«

»Romantische Geschichte«, sagte Manfred und trank ein bißchen Tee. »Was meinst du, Leon?«

»Hm, schwer zu sagen.« Leon seufzte. »Wir haben den Anhänger, und wir haben einen Namen. Das ist alles, und meistens wäre es genug, um einen Fall langsam und systematisch aufzurollen. Bei Slane aber paßt nichts zusammen, und das gibt mir zu denken. Irgendwie packen wir das alles falsch an, glaube ich.«

Poiccart hob die Brauen. So hilflos hatte er seinen Partner noch nie zuvor gesehen. Leon Gonsalez hatte sonst immer irgendwo eine Trumpfkarte verborgen. Diesmal aber schien ihn eine seiner besten Eigenschaften, nämlich das Kombinieren, im Stich zu lassen. Er hatte ein paar Anhaltspunkte, vermochte sie aber nicht zusammenzubringen, so daß sie etwas ergaben.

Leon litt darunter. Das konnte man ihm ansehen. Er grübelte und grübelte den ganzen Abend, ging von einem Zimmer ins andere, schlich um das Telefon herum wie ein hungeriger Köter um einen abgenagten Knochen und war auch lange nach Mitternacht noch auf, während Manfred im Nachbarhaus bei Mr. und Mrs. Tripplestick saß und verbissen Bridge spielte, obwohl er vor Müdigkeit fast vom Stuhl fiel.

Leon war am nächsten Morgen früh auf den Beinen. Ausgeschlafen hatte er zwar nicht, aber er fühlte sich überraschend gut, duschte heiß und kalt, rasierte sich sorgfältig und ging in die Küche, um sich ein Frühstück zuzubereiten.

Raymond Poiccart hörte ihn. Schlaftrunken kam er aus seinem Schlafzimmer, schlug einen Morgenmantel um sich und rieb sich die Augen aus.

»Wann ist dir der Einfall gekommen?« fragte er gähnend. »Doch nicht etwa im Traum?«

»Was für ein Einfall?« fragte Leon harmlos zurück, und Poiccart verzog das Gesicht, als hätte er eben mit Spiegelscherben gegurgelt.

»Ich hörte dich in der Dusche pfeifen«, sagte er.

»Du kennst doch das Sprichwort von der Morgenstund', nicht wahr, Raymond? Nun, ich denke, daß heute ein besonderer Tag ist.«

»Heute? Inwiefern?« fragte Poiccart und schaute interessiert zu, wie Leon sich mit der Kaffeemühle zwischen den Knien hinsetzte und zu mahlen begann. Vorgemahlener Kaffee kam ihnen nie ins Haus, weil der so schnell an Aroma verlor. Und das war in Notzeiten absolut wichtig, weil Kaffee als Luxusartikel besonders teuer war.

»Ich glaube, daß sich heute der Nebel lichtet«, sagte Leon in das Krächzen der Kaffeemühle hinein. Er blickte lächelnd auf. »Dieser Garvin muß doch aufzufinden sein, Raymond. Man kennt ihn zum Beispiel in Sunny's Kneipe. Dort erwähnte man Manfred gegenüber den Namen. Ich bin sicher, daß ich ihn aufstöbern kann, wenn er sich tatsächlich in der Unterwelt verkrochen hat.«

»Und wie willst du das anstellen?«

»Ich laß mich durch Soho fahren.«

»Von wem? Unser Wagen ist in Reparatur.«

»Harry Reynolds. Er kennt die düstersten Winkel. Er hat Beziehungen. Als Taxifahrer kommt er mit solchen Leuten in Kontakt. Wenn Manfred sich gestern nicht dazu hätte verleiten lassen, über alle Maßen zu trinken, hätte er vielleicht diesen Stephen Garvin gefunden.«

Leon erhob sich und schüttete den gemahlenen Kaffee in das kochende Wasser.

»Ich glaube nicht, daß ich dich darüber aufklären muß, wie gefährlich es für einen Detektiv werden kann, wenn er in Soho herumschnüffelt«, sagte Poiccart und schaute interessiert zu, wie Leon den neuen elektrischen Toaster inspizierte.

»Am hellichten Tag wird mir dort kaum etwas passieren«, wandte Leon ein. »Außerdem weiß ich, daß Vorsicht geboten ist, und werde also aufpassen.« Er wandte sich Poiccart zu. »Sag mal, du hast doch dieses Ding hier gekauft, nicht? War da vielleicht eine Gebrauchsanleitung dabei?«

»Schieb die Brotschnitten in die Öffnung, warte zwei Minuten und drücke dann den schwarzen Griff nach unten.«

»So?« Leon schob die Brotschnitten in den Toaster.

»Einstecken mußt du dieses kleine Wunder der modernen Technik schon, mein Freund«, sagte Poiccart. »Und während die Brote drin sind und braun werden, kannst du dir überlegen, was du drauf willst: Wurst, Käse oder Marmelade?«

»Ich versteh nicht, wie ein ausgewachsener Mann dazu kommt, sich am Küchendienst zu erfreuen, Raymond«, sagte Leon kopfschüttelnd. »Da steh ich nun hier, mit diesem neumodischen Kasten in den Händen, und dabei könnte ich im Bahnhofsrestaurant kriegen, was mein Herz begehrt, nämlich gebutterten Toast mit Marmelade drauf. So einfach ist das.« Leon stellte den Toaster auf die Anrichte zurück, drehte den Gasherd aus und wischte seine Hände an Poiccarts Schürze ab, die an der Tür hing. Ohne sich weiter um Poiccart zu kümmern, ging er hinaus, holte Mantel und Hut und verließ das Haus. Poiccart sah ihm vom Fenster aus nach, wie er im Morgennebel die Straße hinunterging, zielbewußt und mit eiligen Schritten.

Leon Gonsalez hatte Harry Reynolds vom Bahnhofsrestaurant aus angerufen, und da Harry Nachtdienst gehabt hatte, kam er schon eine halbe Stunde später und trank einen schwarzen, dicken Kaffee, der seine Lebensgeister weckte.

Leon wußte, daß sich Harry alle Mühe geben würde, ihm behilflich zu sein. Obwohl es ja nicht seine Schuld gewesen war, daß Leon im Albert Palace von Dearborn überrascht worden war, ärgerte sich Harry Reynolds noch immer.

»Er muß dich in der Frontscheibe der Halle gesehen haben«, sagte er, während er seine Finger an der Kaffeetasse wärmte. »Es war dunkel draußen, aber in der Halle brannten drei Lampen. Und da hat sich alles gespiegelt, und er brauchte sich gar nicht dem Treppenhaus und dem Aufzug zuzuwenden, um dich zu sehen.«

Leon war mit seinem Frühstück fertig. Er lehnte sich im Stuhl zurück. Irgend etwas an den Worten des Taxifahrers sagte ihm mehr, als er eigentlich hören konnte. Leon starrte Harry Reynolds durchdringend an, während er versuchte, sich die Worte noch einmal ins Gedächtnis zu rufen, genauso, wie er sie vernommen hatte.

Harry hob den Kopf. Er merkte, daß Leon in Gedanken war. »Ist was?« fragte er.

Leon beugte sich vor. »Sag mir noch einmal, warum Dease mich gesehen hat, Harry.«

Der Taxifahrer blickte Leon verständnislos an. »Du meinst, du hast vorhin gar nicht hingehört?«

»Nein, das meine ich nicht. Ich habe hingehört, aber mir ist, als hätte ich in deinen Worten des Rätsels Lösung verpaßt.«

Harry schüttelte noch immer verwirrt den Kopf, suchte aber nach einem Anfang und erzählte Leon noch einmal, warum er glaubte, daß ihn John Warren Dease bemerkt hatte, obwohl der Portier dem Lift und dem Treppenhaus den Rücken zugedreht hatte.

Leon hörte aufmerksam zu, und Harry belauerte ihn, so, als erwarte er jeden Moment aus Leons Mund einen Ausruf des Triumphes. Als er fertig war, lehnte er sich vor.

»Und?« fragte er. »Hast du's?«

Leon schüttelte den Kopf. »Nein«, erwiderte er und gab ein Stöhnen von sich. »Nein, ich komme nicht darauf. Vielleicht habe ich mich auch nur getäuscht, Harry.«

»Hat es etwas mit dem Licht zu tun? Mit den drei Lampen?«

»Vielleicht. Ich weiß es nicht.«

»Mit der Spiegelung im Glas?«

Leon machte eine wegwerfende Handbewegung. »Es hat keinen Sinn, Harry. Entweder man kommt gleich drauf, oder man kann darüber nachdenken, bis einem der Schädel raucht, ohne daß etwas dabei herauskommt. Hast du selbst noch nie diese Erfahrung gemacht?«

Harry gab zu, daß es auch ihm oft schon gleich ergangen war, und Leon rief die Serviererin herbei und bezahlte sein Frühstück und Harrys Kaffee. Auf dem Weg hinaus erzählte Leon dem Taxifahrer, was er an diesem Morgen vorhatte. »Ich weiß natürlich, daß du Nachtschicht hattest und eigentlich jetzt daheim im Bett liegen müßtest, Harry, aber deine Mühen sollen nicht unbelohnt bleiben. Sobald wir einen lukrativen Fall haben, bezahle ich dir den doppelten Fahrpreis.«

»Mach dir nichts draus«, wehrte Harry Reynolds ab. »Es reicht, wenn ich am Nachmittag eine Mütze voll Schlaf kriege. In der Zwischenzeit zeige ich dir das Schandmal dieser stolzen Stadt, wo die Vergessenen hausen, die Glücklosen, diejenigen, nach denen kein Hahn kräht, wenn sie in einer eisigen Winternacht erfrieren. Soho, mein Freund, ist das Fegefeuer auf Erden.«

»Mir genügt es, wenn ich einen Kontakt zu Stephen Garvin herstellen kann. Irgend jemand muß seinen Schlupfwinkel kennen. Irgend jemand muß wissen, wo er sich verkrochen hat.«

»Bei welcher Mülltonne willst du zuerst den Deckel abheben, Leon?« fragte Harry Reynolds und setzte sich hinters Steuer.

Leon nahm neben ihm Platz, und langsam fuhren sie im dichten Nebel vom Taxi-Parkplatz am Charing-Cross-Bahnhof und reihten sich in den Verkehr ein.

6. Kapitel
Ein Rattenloch in Soho

Schatten tauchten aus dem Nebel auf und verschwanden wieder. Manchmal sah Leon ein Gesicht vorbeihuschen, hungrige Augen, den Atem eines vermummten Menschen in der kalten Luft.

Die Straßen waren voll Unrat. Umgekippte Mülltonnen lagen auf den Gehsteigen. Hunde und Menschen belauerten sich. Kinder strichen herum, manchmal allein, manchmal in Gruppen, Kinder, die schon böse Augen hatten und schnelle Finger.

Ein alter Mann, der am Straßenrand hockte, hatte Blut im Bart. »Lungenfieber«, sagte Harry Reynolds. »Jemand müßte ihn ins Krankenhaus bringen, sonst stirbt er, aber die teueren Krankenhäuser nehmen ihn nicht, und die anderen sind überfüllt.«

Es war ein schlimmer Morgen für Leon. Es brauchte Überwindung, weiterzumachen. Einmal ließ er Harry Reynolds an einer dunklen Seitenstraße anhalten. Eng an einer schmutzigen Hauswand lag ein Mann auf dem Boden, auf dem er alte Zeitungen ausgebreitet hatte. Der Mann trug nichts als ein Paar durchgelaufene Schuhe, eine zerschlissene Hose und einen löcherigen Wollpullover. Leon deckte ihn mit seinem Mantel zu, drehte sich schnell um und lief zum Taxi zurück.

Lange schwiegen sie. Harry Reynolds fuhr kreuz und quer. Einigemale hielt er an und fragte Leute nach anderen Leuten. Der Name Garvin fiel nie.

»Ist es nicht eigenartig, daß einem draußen so leicht gelingt, nicht an die Leute hier in Soho zu denken«, sagte Harry Reynolds einmal, als einige Halbwüchsige über die

Straße rannten, als hätten sie gerade irgendwo etwas gestohlen. »Draußen ist die Welt in Ordnung, so scheint es. Aber das hier, das ist auch ein Stück der Welt. Es ist wie ein Geschwür am Bein. Wenn man eine Hose anhat, kann man es nicht sehen, und solange man es nicht sieht, vergißt man, daß es da ist. Aber eines Tages stellt es sich heraus, daß das Geschwür größer geworden ist und größer. Das Bein muß amputiert werden und übrig bleibt ein Krüppel auf Krücken. So ist das mit Soho, Leon.«

»Du meinst, daß das britische Königreich dem Zerfall geweiht ist?«

»Das britische Königreich? Schau dich doch um! Wirf einen Blick hinter die Fassaden. Was funktioniert denn in diesem Land noch? Nichts. Die Industrie hat den Anschluß verpaßt. Die Wirtschaft ist im Eimer. Den jungen Leuten bleibt nichts als eine düstere Zukunft. Und im Soho-Bezirk haben sich Krankheit und Armut eingenistet. Dies hier, mein Freund, ist die Brutstätte jedes Verbrechens, das in London geschieht.«

Harry Reynolds hatte recht. Deshalb war Leon hergekommen. Um einen kleinen, windigen Betrüger zu finden, der vielleicht etwas mit einem Mord zu tun hatte. Wo sonst hätte er nach Stephen Garvin suchen sollen, wenn nicht in Soho?

Es war schon fast Mittag, und der Nebel hatte sich inzwischen aufgelöst, als Leon auf eine Menschenmenge aufmerksam wurde, die ein Auto umzingelt hatte. Zuerst konnte Leon nur ein Stück des schwarzlackierten Daches sehen und den von innen drehbaren Suchscheinwerfer, der über der Windschutzscheibe montiert war. Trotzdem erkannte Leon das Auto sofort, denn es handelte sich um den schwarzen Dienstwagen von Inspektor Dearborn, einen schon etwas älteren Vauxhall.

Dearborn und sein Stellvertreter, der Kriminaluntercommissar Peter Roos, saßen mit leichenblassen Gesichtern im Wagen und hatten die Türen von innen verriegelt. Die Leute trommelten mit Fäusten gegen die Scheiben, kletterten auf die Kühlerhaube und von hinten aufs Autodach. Als sie Reynolds und sein Taxi sahen, verstellten sie ihm den Weg. Reynolds kurbelte sofort das Fenster herunter.

»Heh, was ist denn hier los?« rief er den lärmenden Männern zu, und er verstand es, den Soho-Dialekt dieser Leute haargenau nachzuahmen. »Wißt ihr denn nicht, daß Scotland Yard seinen verdienten Inspektoren nur alle vier Jahre ein neues Dienstauto zukommen läßt?«

Einer der Männer kam herüber. Sein Gesicht war mager, von tiefen Falten durchzogen und mit silbernen Bartstoppeln bedeckt. Aus rotgeränderten Augen starrte er Reynolds an. »Steckst du etwa mit Scotland Yard unter einer Decke, du krummer Hund?« fragte er, und der nach billigem Schnaps riechende Atem stand ihm wie eine blaue Wolke vor dem Gesicht.

»Rob, was denkst du denn? Ich bin nur der einzige hier, der Steuern bezahlt, und wenn ihr diesen Vauxhall hier in seine Bestandteile zerlegt, dann kriegt Snake-Eye womöglich schon morgen einen neuen.«

»Der dort drin, das ist Snake-Eye?« rief der Mann ungläubig. Dann drehte er sich um. »Habt ihr gehört, das ist Snake-Eye!« rief er den anderen zu, und sofort packten harte Männerfäuste den Vauxhall bei den Stoßstangen und den Kotflügeln, brachten ihn rhythmisch ins Schaukeln, daß die Federn quietschten und sich die Schrauben aus dem Metall drehten.

Leon Gonsalez sah, wie Dearborn versuchte, irgendwo einen Halt zu finden, aber zu seinem Entsetzen nur das rechte Ohr seines Stellvertreters zwischen die Finger kriegte. Roos brüllte, ohne daß man ihn hören konnte, und als der Vauxhall umzukippen drohte, ließen ihn die Leute jäh los, und er knallte auf alle vier Räder zurück, duckte sich wie ein Tier, sprang noch einmal hoch und stand dann leise ausschaukelnd inmitten der grölenden Menge.

Irgendwie gelang es Dearborn, den Motor zu starten. Er fuhr mit einem Ruck an, erwischte beinahe einen Laternenpfahl, schleuderte in eine Häuserlücke hinein und brachte den Vauxhall schließlich unter Kontrolle.

»Frag die Leute, wonach Dearborn gesucht hat«, bat Leon den Taxifahrer.

Harry winkte einen Jungen heran, der mehr Pickel als Poren im Gesicht hatte, sonst aber einen recht aufgeweckten Eindruck machte.

»Frank, was wollte Snake-Eye von euch?« fragte er den Jungen.

»Hat nach 'nem Mann gefragt.«

»Ah. Nach wem denn?«

Der Junge kniff die Augen etwas zusammen und deutete mit einer Kopfbewegung auf Leon. »Der gehört nicht hierher, Harry«, sagte er. »Du kannst sagen, was du willst, aber der gehört nicht hierher.«

»Garvin«, sagte Reynolds schnell. »Hat er nach Stephen Garvin gefragt?«

Der Junge richtete sich auf und entfernte sich rückwärtsgehend vom Wagen, beide Hände in die Hosentaschen.

»Well«, sagte Harry Reynolds und kurbelte das Seitenfenster hoch. »Vielleicht sagt uns der Inspektor, was er hier zu suchen hatte.«

Dearborn parkte den Vauxhall an der Sutton Row bei der Kirche. Hier schien die Sonne durch das kahle Geäst der Ahornbäume, und der Gitterzaun warf lange schmale Schatten über das holperige Kopfsteinpflaster.

Dearborn war ausgestiegen, und als Harry Reynolds sein Taxi hinter dem Vauxhall anhielt, kam er zur Beifahrerseite gelaufen und riß die Tür auf.

»Gonsalez, finden Sie es nicht reichlich merkwürdig,

daß wir uns in diesem Fall dauernd in die Quere kommen? Was haben Sie in Soho verloren?«

»Das gleiche wollte ich Sie fragen, Verehrtester«, entgegnete Leon Gonsalez ruhig. »Mir schien, wir sind gerade im rechten Moment gekommen, nicht wahr?«

»Üble Gesellen sind das«, schimpfte Dearborn. »Ich nehme an, Sie sind hinter dem gleichen Mann her wie wir, Gonsalez?«

»Garvin?«

Die Freimütigkeit, mit der Leon den Namen preisgab, überraschte Inspektor Dearborn und machte ihn zugleich mißtrauisch. »Haben Sie ihn etwa gefunden?« fragte er sofort.

Leon schüttelte den Kopf. »Noch nicht, Verehrtester. Obwohl Mr. Reynolds hier beste Beziehungen hat.«

Dearborn, der bis jetzt den Taxifahrer überhaupt nicht beachtet hatte, blickte ihm jetzt forschend ins Gesicht. »Warum helfen Sie ihm, Reynolds?« fragte er.

Harry Reynolds zuckte die Schultern. »Wie ich schon beim ersten Verhör sagte, wir sind Freunde, Inspektor.«

»Ein persönliches Interesse an der Aufklärung dieses Falles haben Sie wohl keines, nicht wahr?«

»Nein. Schon eher ein berufliches. Man kriegt in diesem Geschäft schnell einen schlechten Ruf, wenn einem die Fahrgäste sozusagen unter den Fingern wegsterben.«

»Well, dann passen Sie mal auf, daß Gonsalez nichts passiert«, knurrte Dearborn und zog sein Taschentuch aus dem Mantel. Er schneuzte tüchtig hinein, rieb sich die Nase, bis sie rot war, und wandte sich dann wieder an Leon.

»Was versprechen Sie sich von diesem Stephen Garvin, Gonsalez?«

»Wenn ich das wüßte, Dearborn, glauben Sie mir, ich würde Ihnen gegenüber nicht die leiseste Andeutung machen.«

»Das glaube ich Ihnen aufs Wort«, stieß Dearborn ärgerlich hervor. »Aber lassen Sie sich eines gesagt sein, Gonsalez, Scotland Yard schläft nicht!«

Dearborn machte auf dem Absatz kehrt, klemmte sich hinters Steuer des Vauxhall und knallte die Tür zu. Leon und Harry Reynolds warteten, bis er in eine Seitenstraße eingeschwenkt war, dann drehten sie um und fuhren langsam die Sutton Row zurück, tiefer in den Soho-Bezirk hinein.

Am Morgen des nächsten Tages entdeckte ein Penner in einem offenen Abwasserkanal am Kai der Themse eine Wasserleiche.

Leon Gonsalez erfuhr durch Harry Reynolds davon. Reynolds hatte im Radio gehört, daß es sich bei dem Toten möglicherweise um einen kürzlich aus Dartmoor entlassenen Sträfling handelte, den Scotland Yard mit dem Ermordeten vom Green Park in Zusammenhang brachte.

»Der Inspektor hat eine Pressekonferenz abgehalten, Leon«, erklärte Harry Reynolds am Telefon. »Obwohl der Name des Toten nicht bekannt wurde, glaube ich doch, daß es sich um Stephen Garvin handelt.«

Leon Gonsalez entschied sich sofort dafür, Sunny Cottons Kneipe aufzusuchen. Jetzt, nachdem Stephen Garvin tot war, würde man ihm vielleicht bereitwillig Auskunft geben. Und er irrte sich nicht.

Sunny Cotton persönlich hielt mit Informationen nicht hinterm Berg zurück. Er war außer sich über diesen heimtückischen Mord und erzählte Leon, daß Stephen Garvin und Slane irgend etwas mit der Verbrecherorganisation des Gelben Drachens zu tun gehabt hätten.

»Ich weiß nicht, worum es ging, aber die beiden trafen sich zwei- oder dreimal hier, an dem Tisch dort drüben.« Sunny Cotton zeigte auf einen kleinen runden Tisch, der im hintersten Winkel seiner Kneipe stand, dort, wo das

Licht der Glühbirne kaum hinreichte. »Jedes Mal kam ein Chinese her und unterhielt sich mit ihnen. Ich bin sicher, daß Stephen Bernard Slane dazu verleiten wollte, bei irgendeiner Sache mitzumachen.«

»Sie meinen, er wollte ihn dazu verleiten, sich an einem Verbrechen zu beteiligen?«

»Ja. Aber ich weiß nicht, ob Bernard zusagte. Er war ab und zu ziemlich verzweifelt, weil er nirgendwo Arbeit kriegte. Als er aus Dartmoor entlassen wurde, da wartete ein Mädchen auf ihn, von dem er nie etwas erzählt hat, außer, daß er bei diesem Mädchen in tiefster Schuld stecke.«

»Einen Namen hat er nie genannt?«

»Nein. Einmal, als er ziemlich beschwipst war und vom Elend heimgesucht wurde, sagte er, daß sie ihm Geld gegeben hätte für die Wohnung und die Kleider und dafür, daß er nicht wieder in Versuchung geraten würde, gegen das Gesetz zu verstoßen. Ich erinnere mich noch genau an seine Worte: ›Joe, wenn sie wüßte, daß ich das Geld versaufe, würde es ihr das Herz brechen.‹ Das hat er gesagt.«

»Die Frau muß ihn sehr geliebt haben«, sagte Leon. Er bezahlte seinen Drink und ließ sich von einem einäugigen Jungen, der einen Klumpfuß hatte und für Sunny Cotton arbeitete, in die Hopkins Street bringen. Der Junge wurde Pegleg genannt, und das machte ihm nichts aus. In einem der alten, halbzerfallenen Häuser der Hopkins Street hatte Stephen Garvin gewohnt.

Seine Bude war nicht mehr als ein düsteres Loch im Kellergewölbe, in das nie ein Lichtschein drang. An einer Backsteinwand hing ein Kabel von einem krummen Nagel, an dem eine nackte Glühbirne baumelte.

Aus anderen dunklen Türöffnungen beobachteten finstere Gestalten Leon und den Jungen, der ihm voranhumpelte.

Stephen Garvins Kammer war klein. Auf dem feuchten Dreckboden lag eine alte Matratze mit einigen zerwühlten

Decken. Aus Kisten hatte sich Garvin ein paar Möbelstücke gebastelt, ein Regal, auf dem er eine Menge persönlichen Kleinkram aufbewahrt hatte; einen Wecker, der eine halbe Stunde nachging, zwei zerfledderte Bücher, eine Taschenuhr, zwei Pfeifen und mehrere Fotografien, zwei Medaillen und eine Mundharmonika.

»Das ist Stephen Garvin«, sagte der Junge mit dem Klumpfuß und zeigte auf das Porträt eines jungen Bootsmaats der königlichen Marine. Stephen Garvin sah darauf aus wie einer, der noch nicht ganz trocken hinter den Ohren war.

Eine andere Fotografie weckte sofort Leons Interesse. Gerahmt und hinter Glas befand sich eine Kopie jener Aufnahme, die Leon schon in Slanes Wohnung gesehen hatte. Bernard Slane vor dem Jaguar Sport-Coupé.

»Kennst du den Mann da drauf?« fragte Leon den Jungen.

Der Junge betrachtete die Fotografie eine Weile. Dann blickte er auf. »Könnte Mr. Slane sein, nur jünger, meine ich.«

Leon hatte nichts anderes erwartet. Er durchsuchte die Kleiderbündel, das Bett, einen alten Koffer und die beiden Bücher. Er fand Ausweispapiere, den Entlassungsschein aus Dartmoor und ein angefangener Brief an eine Frau namens Helene. Sonst nichts.

Leon atmete befreiend auf, als er aus dem Haus war. Ohne sich um die Leute zu kümmern, die ihm und dem Jungen mit finsteren Blicken nachsahen, überquerte Leon die Straße. Pegleg humpelte eilig hinter ihm her, und Leon verlangsamte den Schritt etwas. Am Ende der Hopkins Street war eine schwarze Limousine geparkt. Ein junger Mann stand davor, die Beine gespreizt und mit verrenktem Oberkörper, damit er sich in der Seitenscheibe sehen konnte, während er sein Haar kämmte.

Leon blieb jäh stehen. Der Junge mit dem Klumpfuß sah

ihn von unten herauf neugierig an, aber Leon dachte nicht daran, ihm irgend etwas zu erklären. Wie gebannt starrte er zu der Limousine hinüber, wo der junge Mann sich aufrichtete, den Kamm in die Gesäßtasche seiner Hose steckte und wie ein aufgeblasener Gockel an ein paar Mädchen vorbeistolzierte.

Die Worte von Harry Reynolds fielen Leon ein. Die große Fensterfront im Albert Palace.

»Warte hier«, befahl er Pegleg. »Ich bin gleich zurück.« Er ließ den verdutzten Jungen auf dem Gehsteig stehen und eilte mit langen Schritten zurück in das abbruchreife Haus. Er suchte sich einen Weg durch den Unrat und die herumliegenden Mauerstücke, fand den Eingang und lief die Treppe hinunter in das Kellergewölbe.

Niemand hielt ihn auf, als er in die kleine Kammer stürmte, in der Stephen Garvin gewohnt hatte. Leon nahm das gerahmte Bild von den Kistenbrettern und hielt es ins Licht. Etwas, was er vorher nicht beachtet hatte, stach ihm dieses Mal sofort ins Auge, und Leon mußte sich Mühe geben, sich nicht zu einem Jubelruf hinreißen zu lassen. Er ließ das Bild in der Innentasche seiner Jacke verschwinden und verließ sofort das Haus. Pegleg stand noch immer dort, wo er ihn zurückgelassen hatte, und Leon klopfte ihm auf die Schulter.

»Glück gehabt?« fragte der Junge und bleckte seine langen Pferdezähne, während er Leon von unten herauf blinzelnd anblickte.

»Glück gehabt, Junge«, nickte Leon. »Komm, ich lade dich zu Fish und Chips ein.« Zusammen gingen sie die Straße hinunter, vorbei an der schwarzen Limousine, und Leon bückte sich schnell und blinzelte seinem Spiegelbild im Seitenfenster zu.

7. Kapitel
Das zweite Gesicht

Leon erwischte Harry Reynolds an seinem Standort.

»Kannst du mich zur Wallmer Street fahren?« fragte Leon und stieg ein, ohne eine Antwort abzuwarten.

Es war Nachmittag. Die Sonne schien blaß durch den Dunst. Die Häuser warfen lange Schatten über die Straße, und in der Innenstadt herrschte eine seltsam friedliche Atmosphäre.

»Wo willst du hin?« fragte Harry Reynolds, während er sein Taxi vom Parkplatz steuerte. »Hast du eine bestimmte Adresse?«

Die hatte Leon. In der Wallmer Street kannte er einen Mann, der ein Fotostudio betrieb. Früher hatte er bei Scotland Yard gearbeitet, dann als Bildreporter für eine Zeitschrift.

»Ich nehme an, du hast eine Spur, Leon«, sagte Harry Reynolds, während sie langsam durch die Stadt fuhren. »Hast du Stephen Garvins Bleibe gefunden?«

Leon lehnte sich zurück. »Du hast mir sehr geholfen, Harry«, sagte er. »Erinnerst du dich daran, daß ich in deinen Worten nach einem Anhaltspunkt gesucht habe?«

»Wegen der Halle, und daß Dease dich gesehen haben muß, obwohl er dem Lift und der Treppe den Rücken zugewandt hatte?«

»Ja.«

Harry hielt an einer Kreuzung an und wartete, bis die Fußgänger die Straße übequert hatten. Ein Schutzmann winkte ihm, weiterzufahren. Eine Weile sagte Harry nichts mehr, aber Leon wußte, daß ihn innerlich die Neugier plagte.

»Hat es etwas mit Dease zu tun?« fragte der Taxifahrer nach einer Weile.

Leon wiegte den Kopf. »Unmöglich wäre das nicht«, sagte er. »Aber vielleicht gelingt es mir, Mrs. Wilbraham ausfindig zu machen.«

»Da bin ich aber gespannt. Du weißt nicht einmal, ob das ihr wirklicher Name ist. Wahrscheinlich nicht. Und du weißt auch nicht, woher sie kommt, wo sie sich aufhält und wie sie aussieht.«

»Ich weiß, daß sie vor etwas mehr als vier Jahren an einem schönen Sommertag ein wunderschönes Kleid mit Rosenmuster getragen hat, hochgeschlossen, mit Spitzenrüschen an den Ärmeln und am Ausschnitt.«

Harry Reynolds blickte Leon von der Seite überrascht an.

»Sonst noch was?« fragte er, als zweifle er an Leons Verstand.

»Außerdem hat sie irgendwo in der Stadt ihren damaligen Freund fotografiert. Und zwar vor einem Jaguar Sport-Coupé, mit Zigarette im Mundwinkel und einem Bein auf dem Trittbrett. Die Frau muß eine ausnehmend gute Kamera besessen haben, denn die Aufnahme ist gestochen scharf, wenn man vom Korn absieht, das sich bei der Vergrößerung ergibt.«

»Du meinst, du hast eine Aufnahme von Mrs. Wilbraham?« fragte Harry Reynolds ungläubig.

»Nicht ganz. Ich habe eine Aufnahme von Bernard Slane, die möglicherweise Mrs. Wilbraham – oder wie auch immer die Dame heißen mag – geknipst haben könnte.«

»Und woher weißt du, daß Mrs. Wilbraham damals ein teures Kleid mit einem Rosenmuster getragen hat?«

»Weil die Dame mit auf dem Bild ist.«

»Jetzt versteh ich überhaupt nichts mehr, Leon«, gab Harry Reynolds zu.

Leon lachte. »Sie spiegelt sich in der Seitenscheibe des Jaguars«, erklärte er, und Harry Reynolds pfiff vor Überraschung durch die Zähne.

Der Fotograf nannte sich Ed Hirsch. Künstlername. Der Job bei Scotland Yard war ihm zu blutig gewesen. Immer nur Ermordete fotografieren, manche davon noch mit Messern im Leib oder mit gebrochenem Genick. Einige Jahre lang hielt er das aus. Dann hatte Ed Hirsch den immer wiederkehrenden Alptraum, daß er ein Schulfoto von lauter Toten zu machen hätte, vor einer schwarzen Schiefertafel, auf die jemand mit Kreide einen grinsenden Totenschädel gezeichnet hatte, dem das ganze Alphabet aus einem Augenloch fiel, Buchstabe um Buchstabe, die sich zu Schneeflocken formten und auf die toten Leute herniederschwebten. Und immer, wenn er abdrückte, klemmte der Kameraverschluß, und bevor er ihn wieder in Ordnung bringen konnte, läutete die Pausenglocke, und die Toten zerfielen vor seinen Augen zu Asche.

Ed Hirsch hatte ein sanftes Gemüt. Solche Alpträume konnte er nicht ertragen, und so kündigte er, arbeitete eine Weile als Fotograf für ein Londoner Tiermagazin, knipste Kaninchen und Vögel, entschied sich dann aber, ein eigenes Fotostudio zu eröffnen.

Er hatte sogar eine Assistentin mit dem Namen Helga, und die sah aus, als hätte sie früher Chancen gehabt, Fotomodell zu werden. Sie war hübsch, blond, hatte ein fotogenes Lächeln, und Leon fragte sich auf Anhieb, ob sie an Fußball interessiert wäre, da es wahrscheinlich noch Karten für das Spiel am Sonntag geben würde.

»Für das Chelsea-Spiel?« fragte sie hoffnungsvoll, aber ihre Begeisterung schlug sogleich in helles Entsetzen um, als er ihr sagte, daß er ein loyaler Anhänger des FC Southwark United sei und wahrscheinlich Stehplätze in der Ostkurve auftreiben könnte.

Ed Hirsch befand sich in der Dunkelkammer, über deren Tür ein rotes Warnlicht brannte.

»Sie müssen sich schon einen Augenblick gedulden, mein Herr«, sagte Helga. »Darf ich vielleicht fragen, was es denn sein soll? Ein Porträt vielleicht?«

Leon holte die gerahmte Fotografie heraus und zeigte sie Helga. »Das ist ein Fixierbild, Miß Helga«, sagte er.

Helga hob ihre dünnen, ausrasierten Brauen.

»So?« sagte sie, und als er ihr die Fotografie gab, drehte sie diese so lange in den Fingern, bis sie davon überzeugt war, daß Leon Gonsalez nicht ganz bei Trost sein konnte.

»Ich sehe da einen jungen Mann drauf, den ich für einen ausgesprochenen Angeber halte«, sagte sie und gab Leon die Fotografie zurück.

»Der Mann ist der Tote vom Green Park«, sagte Leon. Helga wurde blaß unter ihrem Gesichtspuder und starrte ihn entgeistert an.

»Dieser junge Mann . . . ich meine, sind Sie sicher . . .«

»Absolut.« Leon lächelte. Er wollte ihr gerade das Spiegelbild im Seitenfenster des Jaguars zeigen und sie fragen, was sie davon hielt, als das rote Warnlämpchen ausging und Ed Hirsch aus der Dunkelkammer kam. Er blinzelte ins Licht, wischte die Hände an seiner fleckigen Schürze ab und seufzte, als er Leon Gonsalez erkannte.

»Keine Gruselbilder, Leon. Keine Toten, keine Messer, keine gebrochenen Genicke, wenn ich bitten darf.«

»Was hältst du von einem Foto von einem Sonntagnachmittagsausflug, Ed?«

Ed Hirsch, ein nicht sehr großer Mann mit einem blassen, schmalen Gesicht und treuherzigen Hundeaugen, kam zum Tisch, auf dem eine Schneidemaschine stand und ein Album mit Musterfotos. Er tippte gegen das Bild, das Leon in der Hand hatte. »Was willst du damit?«

Leon erklärte ihm, was er vorhatte. Er sagte ihm, daß es

sich bei dem jungen Mann auf dem Bild um den ermordeten Mister Bernard Slane handelte, und im Gegensatz zu Helga entdeckte Ed Hirsch mit geübtem Auge sofort das Spiegelbild, ohne daß Leon ihn darauf aufmerksam machte.

»Dieses Bild wurde mit einer Voigtländer aufgenommen. Ruhige Hand hat diese Dame. Ausgesprochen klare Umrisse und perfekte Distanzwahl. Was willst du damit, Leon?«

»Eine Ausschnittvergrößerung.«

»Hm. Das Gesicht der Frau, nehme ich an.« Ed griff in die kleine Brusttasche seiner Schürze und nahm einen Fadenzähler heraus. Durch das Vergrößerungsglas inspizierte er das Spiegelbild, hielt das Foto gegen das Licht, drehte es mehrere Male um und hob schließlich die Schultern.

»Das Negativ läßt sich wohl nicht auftreiben, wie?«

»Ich hätte es dir gebracht, Ed«, versicherte Leon. »Kannst du davon nicht eine Reproduktion machen und vom neuen Negativ eine Ausschnittvergrößerung?«

»Sicher, das ist technisch kein Problem«, sagte Ed Hirsch und steckte den Fadenzähler in die Schürzentasche zurück. »Aber du wirst vom Ergebnis enttäuscht sein, glaube ich. Erstens hält die Frau den Kopf gesenkt, um von oben in den Sucher zu blicken. Zweitens trägt sie eine Sonnenbrille. Drittens leidet bei einer Reproduktion die Qualität ungemein. Die Schärfe wird zu wünschen übrig lassen. Außerdem wird ein gröberes Korn nicht zu vermeiden sein. Je größer du den Ausschnitt aufbläst, desto mehr verliert das Bild an Deutlichkeit, erstens durch die schlimmer werdende Unschärfe und zweitens durch das immer gröber werdende Korn.«

»Können wir es trotzdem versuchen?«

»Sicher. Vielleicht ergibt sich daraus doch etwas Brauchbares. Wann willst du die Vergrößerung haben?«

»Well, ich dachte, daß ich dir vielleicht zur Hand gehen kann«, sagte Leon schnell.

Ed Hirsch warf einen Blick auf die Uhr, dann auf Helga. Helga zuckte mit den Schultern und sagte, daß sie eigentlich ohnehin gleich nach Hause gehen wollte. »Es war ein anstrengender Tag, Mr. Hirsch.«

»Na, dann können Sie meinetwegen ein bißchen früher Schluß machen«, sagte Ed Hirsch, und Leon bat Helga, keinem Menschen gegenüber auch nur ein Wort von allem verlauten zu lassen, bevor er dem Fotografen in den Aufnahmeraum folgte.

Poiccart nahm den Hörer ab.

Es war Inspektor Philander Dearborn, der am anderen Ende des Drahtes offenbar Schwierigkeiten mit seiner Nase hatte.

»Poiccart«, sagte Dearborn mit einer Stimme, als hätte er Kartoffelbrei im Mund. »Poiccart, richten Sie Gonsalez aus, daß ich ihm diesmal zuvorkommen werde.«

»Oh. Erlauben Sie mir, verehrtester Inspektor, daß ich mich mit Ihnen freue.« Poiccart lehnte sich im Polsterstuhl zurück. »Darf ich vielleicht fragen, um welchen Fall es sich handelt?«

»Slane.«

»Der Tote im Park. Well, Inspektor, Leon wird nicht gerade begeistert sein, wenn er erfährt, daß ihm Scotland Yard zuvorgekommen ist.«

»Daran wird er sich noch gewöhnen müssen«, versprach Dearborn. »Ist er vielleicht zugegen?«

»Nein. Tut mir leid. Er hat heute abend hier angerufen und Nachricht hinterlassen, daß er dem Mörder auf der Spur ist.«

Für fast eine Minute kam kein Geräusch mehr durch die Leitung. Wahrscheinlich hielt Dearborn mit einer Hand die Sprechmuschel zu. Raymond Poiccart konnte sich das Gesicht des Inspektors gut vorstellen, und er lachte dabei leise in sich hinein.

»Hallo, Poiccart, sind Sie noch da?«

»Ja. Natürlich.«

»Well. Wissen Sie, was Gonsalez damit gemeint hat?« Dearborn zog seine Triefnase hoch. »Ich meine, er hat Ihnen doch bestimmt mitgeteilt, um was oder um wen es sich bei dieser Spur handelt?«

»Aber Inspektor, Sie kennen doch Leon selbst gut genug. Hat er Ihnen schon je einmal etwas verraten, bevor er den Fall nicht aufgeklärt hat? Sehen Sie, das gehört ganz einfach zu unseren Geschäftsprinzipien. Selbst wenn ich wüßte, wen sich mein Partner aufs Korn genommen hat, ich würde es Ihnen nicht sagen.«

»Dann erwarten Sie nur nicht von mir, daß ich Ihnen mitteile, wen wir noch heute nacht verhaften werden.«

Poiccart lächelte. »Lassen Sie mich raten, Inspektor«, schlug er vor, und bevor ihm Dearborn eine Antwort geben konnte, nannte er ihm den Namen des Portiers John Warren Dease.

Am anderen Ende der Leitung krachte irgend etwas. Warscheinlich hatte Dearborn vor Zorn mit der Faust die Schreibtischplatte entzweigeschlagen.

»Woher, in Dreiteufelsnamen, wissen Sie denn das schon wieder, Poiccart«, stieß er keuchend hervor.

»Psychologisch betrachtet sind Sie mir seit längerer Zeit kein Rätsel mehr, verehrtester Inspektor«, sagte Poiccart freundlichst. »Ich habe zwar mit dem Fall Slane nicht viel zu tun, aber mir war seit längerer Zeit klar, daß John Warren Dease daran glauben muß. Manfred hingegen hat auf den Taxifahrer getippt, Harry Reynolds. Er meinte, daß Reynolds für Scotland Yard längst zum Sündenbock geworden wäre, hätte er nicht zufällig Leon Gonsalez zum Freund.«

Stille. Fast eine halbe Minute verstrich.

»Und warum glauben Sie, daß wir John Warren Dease verhaften?«

»Weil man an seinem Schraubenschlüssel, mit dem er sich ab und zu an den Heizungsrohren des Albert Palace Mansion zu schaffen machen muß, Haare des Toten gefunden hat.«

»Falsch.«

»Hm. Dann lassen Sie mich noch einmal raten, Inspektor«, sagte Poiccart, aber dazu ließ ihm Dearborn keine Gelegenheit mehr. Er hängte ein, und Raymond Poiccart erhob sich. Er ging zum Fenster und blickte zum gegenüberliegenden Haus hinüber. Dort verbrachte George Manfred schon den zweiten Abend verzweifelt beim Bridge.

Ed Hirsch schwenkte die emaillierte Metallschale sanft hin und her, so daß sich der Entwickler darin bewegte und der Entwicklungsprozeß gleichmäßig stattfand.

Leons Augen, die sich an das rötliche Halbdunkel gewöhnt hatten, starrten auf das große weiße Fotopapier nieder, das in der Flüssigkeit schwamm.

Nach etwa zwanzig Sekunden zeichneten sich darauf schemenhafte Gebilde ab, Flecken, die sich rasch vergrößerten, miteinander verbanden und in schneller dunkel werdenden Schattierungen ein Bild formten: Das Gesicht der Frau mit der Kamera.

Ein Spiegelbild. Seitenverkehrt und so undeutlich, daß es lange dauerte, bis Leon es erkennen konnte.

Das Gesicht war so groß, daß es fast das ganze Papier ausfüllte. Deutlich war die dunkle Sonnenbrille zu erkennen, der Schatten einiger Haarsträhnen, die Nase und der Mund. Die Frau hielt den Kopf gesenkt. Ihr Haar schien in der Mitte gescheitelt und so straff zurückgekämmt, daß es eng an ihrem Kopf anlag. Wahrscheinlich hatte sie es im Nacken zu einem Knoten gebunden oder zu einem Zopf geflochten.

Ed Hirsch zog das nasse Papier aus dem Entwickler, zog es durch eine Schale mit Wasser und tat es dann in das Fixierbad, um dem Abzug die Lichtempfindlichkeit zu nehmen. Erst nach einigen Minuten und nachdem Ed Hirsch sich vergewissert hatte, daß keine der Schachteln mit dem teueren Fotopapier offen herumlagen, schaltete er das Licht ein. Jetzt konnten sie die Vergrößerung in aller Ruhe betrachten.

Viel mehr als bei Rotlicht war aber darauf auch nicht zu erkennen. Das Gesicht der Frau bestand aus lauter kleinen, verschieden grauen und weißen Flecken, einige davon fast schwarz. Unter dem Kinnschatten befand sich ein etwas größerer heller Fleck, ziemlich rund.

»Ein Metallanhänger oder so was«, erklärte Ed Hirsch. »Unmöglich herauszufinden, was es tatsächlich ist.«

»Ein Goldanhänger«, sagte Leon ohne aufzusehen. »Auf der Vorderseite ist ein Widder eingraviert, auf der Rückseite ein Herz und die beiden Buchstaben S. G.«

Ed. Hirsch richtete sich auf.

»Du scheinst mehr zu wissen, als du mir verraten hast, Leon. Wer ist die Frau?«

»Das wollte ich anhand dieser Fotokopie herausfinden, Ed«, sagte Leon enttäuscht. »Aber du hattest recht. Mit dieser Vergrößerung ist nicht viel anzufangen. Es läßt sich nicht einmal feststellen, ob es sich um eine junge oder um eine ältere Dame handelt.«

»Dem Kleid nach ist sie jung. Nicht eine von diesen modischen Hennen, glaube ich, eher von zurückhaltender, eleganter Erscheinung. Die Frisur allerdings läßt eher auf eine, um nicht zu sagen ältere, so doch reifere Dame schließen.«

»Sonst etwas, was dir auffällt?«

»Die Fingernägel sind lackiert.«

Leon trat vom Tisch zurück. Er war sichtlich enttäuscht, und Ed Hirsch legte ihm die Hand auf den Arm.

»Vielleicht sollten wir die Vergrößerung reduzieren«, schlug er vor. »Ich kann auch kontrastreicheres Papier verwenden. Komm, so schnell gibt Ed Hirsch niemals auf.«

Sie machten sich noch einmal an die Arbeit, und es lohnte sich. Anstatt nur das Gesicht der Frau im Ausschnitt festzuhalten, machte Ed Hirsch eine Vergrößerung des ganzen Seitenfensters. Zur Überraschung von Leon kam nun noch eine dritte Person zum Vorschein. Undeutlich nur, im Hintergrund stehend, spiegelte sich eine Männergestalt in der Fensterscheibe, so dunkel, daß man vom Gesicht fast nichts als einen etwas helleren Schimmer sehen konnte.

»Kann ich aufhellen«, sagte Ed Hirsch und machte noch einmal einen Abzug. Wie gebannt hingen Leons Augen am Papier, das in der Schale schwamm, und noch bei Rotlicht erkannte er plötzlich den Mann. Leon traute erst seinen Augen nicht, aber das Bild wurde immer deutlicher, und schließlich, als es fixiert war und Ed Hirsch das Licht anmachte, bestand kein Zweifel mehr.

Leon richtete sich auf und merkte erst jetzt, daß ihm der Schweiß auf der Stirn stand. Die Luft in dem kleinen Raum war stickig und roch nach Chemikalien.

»Nun, Leon?« fragte Ed Hirsch. »Genügt das?«

Leon nickte, und der Fotograf stellte ihm keine Fragen mehr. Er hatte lange genug bei Scotland Yard gearbeitet, um zu wissen, daß es keinen Sinn hatte, einen Detektiv auszuhorchen, der so nahe daran war, ein Verbrechen aufzuklären.

8. Kapitel
Das Ferngespräch

Die Leichenschau hatte nichts ergeben, was Inspektor Philander Dearborn nicht schon vorher gewußt hätte. Zwar war Stephen Garvins Leichnam ziemlich aufgedunsen, wie das eben Wasserleichen so an sich hatten, aber der Bluterguß hinter dem linken Ohr wies deutlich genug darauf hin, daß Garvin nicht in der Themse ertrunken, sondern von einem harten Schlag am Kopf getroffen war, der mit größter Wahrscheinlichkeit umgehend zum Tod geführt hatte.

Der Mörder, so vermutete Inspektor Dearborn nicht zu Unrecht, war kein anderer als derjenige, der einige Tage zuvor, oder, um genauer zu sein, vor ein paar Nächten, jenen Mann umgebracht hatte, den man tot im Green Park entdeckte.

Inspektor Philander Dearborn war längst zum Schluß gekommen, daß kein anderer als der Portier des Albert Palace Mansion der Mörder sein konnte.

John Warren Dease.

Diese Vermutung basierte nicht etwa auf anderen Vermutungen, sondern auf fundierten Ergebnissen, zu denen Dearborn und seine Mitarbeiter während der letzten Tage gekommen waren. Der Tatort, so hatte die Spurensicherung ergeben, war nicht etwa die Wohnung Slanes, sondern vermutlich die Halle des Albert Palace, dessen Marmorboden deshalb für ein solches Verbrechen besonders günstig war, weil eventuelle Spuren jeder Art schnell zum Verschwinden gebracht werden konnten. Blutspuren, zum Beispiel. Ein Lappen und etwas Wasser genügten.

Wahrscheinlich hatte der Ermordete in seiner Wohnung

Geld gehabt. Dafür sprach eine Blechschatulle, in der ein paar Münzen gefunden worden waren und zwei Belege für Rechnungen, die Slane einige Tage vor seinem gewaltsamen Tod bezahlt hatte.

Demnach, so lag es auf der Hand des Inspektors, hatte John Warren Dease eine günstige Gelegenheit genutzt, Bernard Slane umzubringen, ihn zu berauben und die Leiche wegzuschaffen. In jener Nacht hatte er Zeit dazu. Nachdem einmal Mr. Fredericks und seine Familie zu Hause waren, brauchte er nicht mehr zu befürchten, daß er gestört wurde. Er wußte genau, wann Mrs. Jones von ihrer Arbeit zurückkehrte, und bis dahin hatte er die Spuren seines Verbrechens längst verwischt. Trotzdem hatte Dearborn glücklicherweise darauf bestanden, Mrs. Jones, die Bardame, zu verhören, und obwohl diese müde von der Arbeit heimgekehrt war, war ihr ein Putzeimer aufgefallen, der sonst nie in der Halle stand, und ein Lappen, der über einem Schrubber hing. Außerdem, so gab sie zu Protokoll, sei Deases Uniform am rechten Ärmel feucht gewesen. Das sei ihr aufgefallen, weil er sonst so pingelig darauf bedacht war, seine Uniform sauberzuhalten.

Eine unerschütterliche Zeugenaussage, der das Gericht zweifellos die nötige Bedeutung zukommen lassen würde.

Das Beweisstück aber, das Inspektor Dearborn hegte, als hinge davon sein Leben ab und der Weiterbestand Scotland Yards, war ein paar Schuhe.

Kriminalunterkommissar Peter Roos hatte sie gefunden. In einer Mülltonne im kleinen Hinterhof des Albert Palace. Roos hatte Augen für solche Dinge. Schuhe im Müll. Dearborn lächelte, als er noch einmal die Schublade öffnete und die Schuhe inspizierte. Es waren zwei durchgelaufene Latschen mit schräggetretenen Absätzen. Sie gehörten John Warren Dease, denn von den Leuten, die im Albert Palace wohnten oder dort irgend etwas zu tun hatten, besaß nur John Warren Dease derartige Plattfüße, daß er ein Paar Schuhe nach kurzer Zeit derart zurichtete, daß sie nicht einmal der Heilsarmee hätten abgegeben werden können. Es schien fast, als würde Dease neben seinen Schuhen laufen, und das war Dearborn schon aufgefallen, als er Dease zum erstenmal gesehen hatte.

Das wichtigste an diesen Schuhen waren die Blätter, die daran klebten. Blätter von einem ganz bestimmten Baum, der im Green Park stand, und zwar genau dort, wo Konstabler Forbes den Toten gefunden hatte. In jener Nacht war es feucht gewesen, die Blätter am Boden sogar naß. Und so blieben sie am Leder von Deases Schuhen hängen.

Beim Verhör hatte Dearborn den Portier auch gefragt, ob er nicht doch zufällig in jener Nacht im Green Park gewesen wäre, und Dease hatte entschieden verneint.

Aber die Blätter waren der Beweis, daß er gelogen hatte, denn nirgendwo sonst stand eine japanische Zierkirsche, ein Baum mit prachtvollen roten Blättern.

Inspektor Philander Dearborn wollte John Warren Dease noch an diesem Abend festnehmen, und zwar kurz nach seinem Dienstbeginn um acht Uhr. Zu diesem Zweck ließ er am Spätnachmittag seinen Stellvertreter, Peter Roos, zu sich ins Büro kommen und eine Bereitschaft von acht Konstablern antreten.

Inspektor Dearborn rechnete nicht mit Gegenwehr, aber sicherheitshalber nahm er seine Dienstwaffe mit. In drei Fahrzeugen fuhren die Beamten zum Albert Palace Mansion, wo sie schon um sieben Uhr dreißig eintrafen.

Der Nebel war noch nicht so dicht, und so konnten sie John Warren Dease beobachten, als er die Straße von der Bushaltestelle her herunterkam, den Kopf tief in dem hochgestellten Kragen seines langen schwarzen Mantels versteckt und eine Uniformmütze auf dem Kopf.

»Ein Wunder, daß der sich nicht schon bis aufs Zahnfleisch durchgelaufen hat«, sagte Peter Roos, der neben Dearborn im Vauxhall saß.

»Wetten, daß er sich diese neuen Schuhe mit dem Geld gekauft hat, das er aus Bernard Slanes Kassette klaute«, sagte Dearborn nachdenklich. »Der hat eine hübsche Wohnung, gut eingerichtet und alles. Außerdem versorgt er seine Mutter, und das Gehalt als Portier reicht dazu ja kaum aus.«

John Warren Dease verschwand im Albert Palace. Er war zu früh, und es dauerte fast noch eine halbe Stunde, bis schließlich James Parker erschien, der untersetzte Tagesportier.

Er hastete über die Straße, kam dicht am Vauxhall vorbei, ohne allerdings auf die beiden Beamten aufmerksam zu werden, und eilte die Straße hinunter. Dearborn sah ihm im Rückspiegel nach, bis ihn der Nebel verschluckt hatte.

»Well?« fragte Kriminalunterkommissar Peter Roos.

Philander Dearborn zog den Hut etwas in die Stirn. »Dann wollen wir mal«, sagte er, startete den Vauxhall und fuhr über die Kreuzung hinweg vor das Portal des Albert Palace. Dort erwischte er mit dem Vorderrad die Bürgersteigkante, und der Schlag riß ihm fast das Steuerrad aus den Händen. Schließlich parkte er mit einem Rad auf dem Bürgersteig, schaltete den Motor ab und stieg aus. Etwa fünfzig Meter entfernt verschwanden zwei Beamte in einer Häuserlücke, um zur Hintertür zu gelangen. Zwei andere nahmen auf dem Bürgersteig links und rechts vom Albert Palace Aufstellung, zwei auf der anderen Straßenseite, dem Portal genau gegenüber.

Die letzten beiden wollte Dearborn beim Portal wissen, und er schärfte ihnen ein, besonders darauf zu achten, daß niemand unverhofft die Halle betreten konnte, solange er sich mit Peter Roos und dem Verdächtigen darin aufhielt.

Dease saß hinter dem Anmeldepult und ordnete einige Dinge, die James Parker hatte liegenlassen. Er blickte sofort auf, als die Glastür geöffnet wurde, und der Anblick der beiden Beamten von Scotland Yard entlockte ihm einen leisen Ruf des Erstaunens.

Er erhob sich und griff nach dem Liftschlüssel. »Guten Abend, die Herrschaften«, grüßte er leutselig, trat um das Anmeldepult herum und blieb stehen, als er bemerkte, daß Inspektor Dearborns Gesicht beinahe maskenhaft starr blieb.

»Wollen Sie noch einmal in Slanes Wohnung, Sir?« fragte er etwas verunsichert. »Die Vermieter bestehen darauf, daß die Wohnung bis Ende des Monats geräumt ist, so daß sie zum ersten Dezember ausgeschrieben werden kann.«

Inspektor Dearborn und sein Stellvertreter blieben vor dem Portier stehen. Peter Roos blickte kurz zum Treppenhaus hinüber. Irgendwo zwischen der Eingangstür und den ersten Stufen mußte nach Dearborns Berechnungen der Mord stattgefunden haben.

»Nun, wollen Sie sich hochfahren lassen?« fragte John Warren Dease.

Dearborn schüttelte den Kopf. »In der Wohnung gibt es nichts, was noch von Interesse sein könnte, Mr. Dease«, gab er zu verstehen.

Dease hob die Brauen. »Oh?« sagte er erstaunt und ließ den Liftschlüssel in seiner Uniform verschwinden. »Wie kann ich den Herrschaften sonst von Diensten sein?«

Dearborn legte den Kopf schief und blickte Dease so durchdringend an, daß dieser für einen Moment die Lider senkte.

»Wie wär's mit einem Geständnis, Dease?« fragte Dearborn hart.

Dease riß den Kopf hoch, und es war ein Wunder, daß er vor Schreck nicht aus den neuen Schuhen kippte, als er ein paar Schritte rückwärts machte.

»Ich . . . ich verstehe . . . nicht«, stammelte er.

»Well, dann will ich es Ihnen erklären«, erwiderte

Philander Dearborn. »Sie erinnern sich vielleicht an Ihre Aussage beim ersten Verhör, als ich Sie gefragt habe, ob Sie sich in jener Nacht, als der Mord geschah, im Green Park aufgehalten haben?«

Dease nickte.

»Ja. Ich erinnere mich genau an Ihre Frage, Inspektor«, gab er zu. »Und ich weiß auch, was ich darauf geantwortet habe.«

»Ausgezeichnet, Dease«, entgegnete Dearborn. »Auch ich erinnere mich noch genau an Ihre Antwort, die übrigens damals schriftlich festgehalten wurde.«

Jetzt lächelte John Warren Dease. »Ich war nicht im Park, Inspektor«, sagte er. »Das kann ich zwar nicht beweisen, aber es wird auch Ihnen höchstwahrscheinlich nicht leicht sein, mit einem Beweis für das Gegenteil anzutreten.«

»Sie irren sich, Dease«, erwiderte Philander Dearborn seufzend. Es lag ihm natürlich fern, den Mann noch lange auf die Folter zu spannen oder ihn sogar zu quälen. Und deshalb sagte er ihm gleich, daß er seine Schuhe besser woanders in den Müll geschmissen hätte als hier am Tatort.

Die Augen des Portiers weiteten sich ungläubig, während der Inspektor sprach, und am Ende lachte er, als hätte er zwei Idioten vor sich, und sagte, daß dies alles nichts als ein großer Irrtum wäre.

»Ich kann Ihnen das alles erklären, Inspektor«, sagte er, aber Dearborn wollte davon nichts wissen. Er war sich seiner Sache völlig sicher, und er riet dem Portier, seine Erklärungen für den Richter aufzusparen. »Ich muß Sie leider festnehmen, Dease«, sagte er. »Ich hoffe, daß Sie vernünftig sind und keine Schwierigkeiten machen.«

John Warren Dease schüttelte heftig den Kopf. »Inspektor, ich bin unschuldig«, sagte er. »Ich war in jener Nacht nicht im Park. Wäre ich der Mörder von Bernard Slane, hätte ich wohl die Schuhe nicht weggeworfen, wo sie so leicht zu finden gewesen wären.«

»Tut mir leid, Dease«, sagte Philander Dearborn und bat den Portier, die Hände auszustrecken, so daß man ihm die Handschellen anlegen konnte.

»Jemand muß Parker anrufen«, sagte Dease, der sich in sein Schicksal ergeben hatte. »Er wird noch nicht zu Hause sein. Wissen Sie, es ist den Mietern nicht erlaubt, den Lift ohne Begleitung des Portiers zu benützen.«

»Dann werden die Herrschaften für eine Weile die Treppe benützen müssen«, sagte Dearborn bestimmt und bedeutete Peter Roos mit einer Kopfbewegung, dem Portier die Handschellen anzulegen.

John Warren Dease wehrte sich nicht, und als die Metallspangen einrasteten, leuchtete blanker Trotz in seinen Augen. »Ich glaube, Sie werden sich über diese Verhaftung nicht lange freuen können, meine Herren«, sagte er mit zitternder Stimme.

Peter Roos nahm ihn beim Arm. »Vielleicht sagen Sie mir lieber doch gleich, warum Bernard Slane in jener Nacht wieder in die Halle heruntergekommen ist, nachdem er erst einmal in seiner Wohnung eingeschlafen war?«

Dease seufzte. »Es nützt wohl nichts, wenn ich Ihnen sage, daß Slane nicht wieder heruntergekommen ist, nicht wahr?«

Peter Roos lächelte fast mitleidig. »Nein, das nützt nichts, Mr. Dease. Wir wissen nämlich alle, daß Mr. Slane wieder heruntergekommen sein *muß*, sonst wäre ja sein Leichnam niemals im Green Park gefunden worden.«

John Warren Dease senkte den Kopf. Dazu hatte er nichts mehr zu sagen.

Leon Gonsalez wartete im kleinen Haus an der Curzon Street auf einen Anruf.

Er war nicht allein. Poiccart und Manfred leisteten ihm

Gesellschaft. Manfred hatte zwar vor, frühzeitig sein Schlafzimmer aufzusuchen, bevor Mrs. Tripplestick von nebenan auf die Idee kam, ihn zu einer Tasse Tee und zu einer Partie Bridge einzuladen.

»Ihr könnt euch gar nicht vorstellen, wie zäh diese alte Lady ist«, sagte Manfred, als Poiccart ihm vom Fenster her sagte, daß im Wohnzimmer der Nachbarn das Licht angegangen sei. »Nachts um drei, als ihr Mann längst wie ein Toter im Stuhl hing, forderte sie Revanche.«

»Du genießt doch sonst das Nachtleben, Manfred«, sagte Leon, der im Polsterstuhl saß und sich Mühe gab, seine Nervosität zu verbergen.

»Ich tu alles nur, um ein gutnachbarliches Verhältnis mit Mr. und Mrs. Tripplestick aufrechtzuerhalten, Leon.«

»Und dabei lernst du vielleicht sogar, wie man Bridge spielt.«

Manfred erhob sich vom Sofa. Seine Augen waren gerötet, und er sah für seine Verhältnisse richtig blaß aus. »Ich glaube, es ist vorteilhafter, wenn ich mich jetzt schon zurückziehe«, sagte er und gähnte. »Gute Nacht, ihr zwei. Ich hoffe, du kriegst den Anruf, auf den du . . .«

Weiter kam George Manfred nicht mehr. Das Telefon klingelte, und Leon griff sofort nach dem Hörer.

»Gonsalez«, meldete er sich. »Miß Sidney, sind Sie das?«

Manfred hob die Brauen und warf Poiccart einen vielsagenden Blick zu. Beide hatten keine Ahnung, von wem Leon einen Anruf erwartete. Seit er nach Hause gekommen war, hatte er kein Wort mehr über den Fall Slane verlauten lassen, und ihren Erfahrungen gemäß hatte das einiges zu bedeuten.

Jetzt blickten sie beide gespannt zu ihm hinüber, und er lauschte in den Hörer hinein, mit unbewegtem Gesicht. Wen immer er auch am Apparat hatte, viel brauchte Leon nicht zu sagen. Manchmal machte er »hm«, oder er sagte »ja, natürlich«, aber damit hatte es sich, und schließlich hob er den Kopf, und Manfred sah seinem Gesicht an, daß er zu lange gewartet hatte.

»Für dich, George«, sagte Leon und streckte ihm den Hörer entgegen.

Manfred seufzte, kam von der Tür zurück. Es war Mrs. Tripplestick von nebenan, und sie wollte ihm nur sagen, daß die Karten gemischt wären und der Tee aufgegossen.

Manfred versuchte zweimal, ihr das Wort abzuschneiden, aber dann gab er es auf. »Es ist mir eine Ehre, Madam«, sagte er. »Natürlich werde ich sogleich rüberkommen. – Selbstverständlich, Mrs. Tripplestick. – Oh, nein. Mr. Gonsalez wird zweifellos die Zeit finden, auch mal eine Partie mitzuspielen. – Danke, Madam. – Ja, ich freue mich auch. – Guten Abend.« Er knallte den Hörer auf die Gabel, und ohne seine beiden Partner nur eines Blickes zu würdigen, stampfte er aus dem Salon.

Poiccart atmete hörbar aus. »Armer Kerl«, sagte er halblaut. »Ich glaube, er wird sich hüten, jemals wieder unter Mrs. Tripplesticks Haus Krawall zu machen, und wenn er noch so betrunken ist.«

Das Telefon klingelte wieder; der zweite Anrufer war Dearborn. »Der Fall ist erledigt, Gonsalez«, meldete er. »Wir haben den Mörder.«

»Dease?«

»Eindeutig. Wir haben zwei stichhaltige Beweise und ausreichende Zeugenaussagen.«

»Was sind die Beweise?«

»Blätter eines japanischen Zierkirschenbaumes, der im Green Park steht. Waren Sie jemals im Green Park, Gonsalez? Prachtvolle Anlagen. Müßten Sie sich bei Gelegenheit mal ansehen.«

»Ich war dort, Verehrtester. Habe mir den Platz angesehen, wo Bernard Slane aufgefunden wurde.«

»Hm, das ist aber eine Überraschung«, gab Dearborn zurück. »Und, was ist dabei herausgekommen?«

»Nicht viel.«

»Well, das habe ich mir gedacht.« Dearborn lachte hüstelnd. »Ich muß gestehen, daß wir Glück hatten, Gonsalez. Peter Roos fand im Müll hinter dem Albert Palace Mansion ein Paar Schuhe, an denen Blätter dieses seltenen Baumes klebten.«

»Schuhe von Dease?«

»Ja. Die Sache ist eindeutig. Ich habe Erkundigungen einziehen lassen. Der Baum ist der einzige seiner Art in der Umgebung. Ein Geschenk des japanischen Kaisers an unser Königshaus. Der Baum ist schon über achtzig Jahre alt, ein echtes Prachtexemplar, das von den Parkgärtnern äußerst sorgsam gehegt und gepflegt wird.«

»Und was meint Dease zu seiner Verhaftung?«

»Streitet natürlich alles ab.«

»Hat er gesagt, wie die Blätter an seine Schuhe kommen?«

»Nein. Er behauptet, er sei in jener Nacht nicht im Park gewesen.«

Leon lächelte. »Das stimmt wahrscheinlich sogar, Verehrtester.«

Dearborn schluckte. Das war deutlich zu hören. Und für ein paar Sekunden fehlten ihm die Worte.

»Warum . . . Gonsalez, der Fall ist so gut wie abgeschlossen. Ich bin sicher, daß Dease noch in dieser Nacht ein Geständnis ablegt. Zur Zeit haben ihn Roos und ein anderer meiner Mitarbeiter im Kreuzverhör. Wir lassen ihm keine Ruhe, bis er zugibt, daß er im Park gewesen ist.«

»Hat er nach einem Anwalt verlangt?«

»Ja. Und den kriegt er, sobald wir mit ihm fertig sind.«

»Steht ihm nicht Rechtshilfe zu, sobald er in Gewahrsam genommen wird, Inspektor?«

»In diesem Fall erscheint es mir angebracht, zuerst einmal einige Fakten sicherzustellen. Gerade Ihnen, Gonsalez sind doch solche Methoden nicht fremd.« Dearborn lachte.

»Wenn Sie Lust haben, können Sie mal im Präsidium vorbeikommen und Dease in Augenschein nehmen. Er windet sich wie ein Aal. Daß er der Mörder ist, daran besteht kein Zweifel.«

»Im Moment habe ich keine Zeit, Dearborn«, sagte Leon. »Ich erwarte nämlich einen Anruf aus Amsterdam.«

»Privat, nehme ich an.«

»Geschäftlich.«

»Hm. Doch nicht etwa ein Anruf, der mit dem Fall Slane zusammenhängt?«

»Der Anrufer kennt den Mörder«, sagte Leon. »Erinnern Sie sich an Mrs. Wilbraham, Dearborn?«

»Die Hotelrechnung aus Luzern?«

»Well, Mrs. Wilbraham heißt eigentlich nicht Mrs. Wilbraham.«

»Interessant, Gonsalez«, sagte der Inspektor mit leisem Spott in seiner Stimme. »Höchst interessant.«

»Nicht wahr«, entgegnete Leon. »Mrs. Wilbraham heißt nämlich Sidney Grain, Verehrtester, und ich hoffe, daß sie in ihrer Verzweiflung den Mut findet, in dieser Nacht noch anzurufen.«

»Gonsalez, das . . . das müssen Sie mir erklären. Ich bestehe darauf, daß . . .«

»Ich muß gar nichts, Verehrtester«, sagte Leon ruhig. »Und jetzt will ich lieber auflegen, damit der Anschluß hier frei ist.«

»Gons . . .«

Das war alles, was Gonsalez noch hörte, dann legte er den Hörer sanft auf die Gabel nieder und lehnte sich lächelnd im Polster zurück. Poiccart, der ihn verstohlen beobachtet hatte, legte die Zeitung weg.

»Dease ist natürlich nicht der Mörder, nicht?« sagte er und stand auf.

»Für Scotland Yard schon«, sagte Leon ablenkend.

»Soll ich Kaffee machen?«

»Warum nicht? Es kann eine Weile dauern, Raymond, denn mit dem Anruf wird die Frau vermutlich einen Mann an den Galgen liefern, den sie sehr liebt.«

Poiccart hob die Brauen, stellte aber keine Fragen mehr. Er ging in die Küche, nahm die Kaffeemühle hervor und eine Tüte mit gerösteten Kaffeebohnen.

Der Anruf kam um zehn Uhr dreißig.

Poiccart war auf dem Chesterfield eingenickt, wurde aber hellwach, als Leon den Hörer abhob und sich meldete.

»Leon Gonsalez vom Silbernen Dreieck«, sagte Leon mit ruhiger Stimme.

Am anderen Ende der Leitung blieb es still, und da wußte Leon, daß er nicht vergeblich gewartet hatte.

»Miß Sidney?« fragte er so ruhig und sanft wie möglich, um die Anruferin nicht zu verunsichern. »Ich habe Ihren Anruf erwartet.«

»Dann . . . dann wissen Sie alles?« kam die Stimme einer verzweifelten jungen Frau aus dem Hörer.

»Ich weiß, wer Bernard Slane umgebracht hat«, entgegnete Leon.

»Und Scotland Yard? Haben Sie Scotland Yard informiert?«

»Nein. Das hielt ich vorläufig nicht für notwendig. Ich wollte erst mit Ihnen sprechen.«

Leon vernahm einen leisen Seufzer. »Danke«, preßte die junge Frau mit tränenerstickter Stimme hervor. »Ich wollte Sie schon früher anrufen, aber – ich fand nicht den Mut dazu, Ihnen alles zu sagen.«

»Das kann ich gut verstehen«, sagte Leon.

»Was glauben Sie, was man mit ihm machen wird?« fragte die Stimme. »Man wird ihn doch nicht etwa – hinrichten? Ich weiß, daß es im Streit geschehen sein muß. Sie müssen sich zufällig begegnet sein. Vater wußte nicht einmal, daß er aus dem Gefängnis heraus ist.«

Leon Gonsalez holte tief Luft. »Ich glaube, das ist ein Irrtum, Miß Sidney«, sagte er. »Sie erlauben doch, daß ich Sie mit dem Vornamen anrede?«

»Ja, natürlich. Das macht nichts.« Irgend etwas raschelte am anderen Ende des Drahtes. Wahrscheinlich wischte sie sich mit dem Taschentuch die Tränen vom Gesicht.

»Sie meinen, daß Vater alles gewußt hat?«

»Ja. Ich bin überzeugt davon. Es muß ihn schlimm getroffen haben, und zuerst entschied er sich, abzuwarten. Aber dann glaubte er, die Gefahr abwenden zu müssen, bevor Ihnen Unglück geschehen konnte, Miß Sidney.«

Die Frau schluchzte. »Wie hätte mir Unglück geschehen können?« fragte sie verständnislos. »Er hat mich doch geliebt. Wir wollten heiraten, Mr. Gonsalez. Wir wollten . . .« Ihre Stimme brach, und Leon konnte sie weinen hören. Lange Zeit schwieg er, dann forderte er sie auf, ihm alles von Anfang an zu erzählen.

9. Kapitel
Die letzte Fahrt

Leon schlief schlecht in dieser Nacht.

Zu seiner Überraschung waren Manfred und Poiccart schon auf, als er am nächsten Morgen aus seinem Schlafzimmer kam. Im Eßzimmer war der Tisch gedeckt, und es roch nach frisch gebackenen Brötchen.

»Wer hat Geburtstag?« fragte Leon.

Manfred grinste von einem Ohr zum anderen. »Niemand«, sagte er beinahe fröhlich, obwohl es ihm trotz eines heißen Bades nicht gelungen war, richtig wach zu werden.

»Well, dann muß ich annehmen, daß irgendeiner von euch private Gründe zum Feiern hat.«

Poiccart kam aus der Küche und trug Kaffee auf. »Wir dachten, daß dies für dich ein besonderer Tag sein muß, Leon«, sagte er.

Leon wurde sofort mißtrauisch.

»Inwiefern?« fragte er.

»Nun, es bleibt dir doch nichts anderes mehr übrig, als den Mörder Scotland Yard zu übergeben.«

Leon holte tief Luft und wandte sich ab. Er ging zum Fenster und blickte auf die Straße hinunter. Undeutlich konnte er ein paar Gestalten im Nebel sehen, die auf dem Weg zur Arbeit waren.

Poiccart und Manfred hatten unterdessen am Tisch Platz genommen.

Minutenlang sagte keiner ein Wort. Dann forderte Poiccart Leon auf, sich ebenfalls zu setzen. »Ich dachte, ein gutes Frühstück könnte dich etwas aufmuntern«, sagte er.

Leon drehte sich um. Eine Weile blickte er seine Partner schweigend an, dann kam er zum Tisch und setzte sich an seinen angestammten Platz.

»Samstag ist heute«, sagte Manfred. »Morgen ist das große Spiel. Tracy hat Karten für die Haupttribüne, genau über der Mittellinie.«

Leon griff nach der Kaffeekanne und goß seine Tasse voll. Als er Poiccart ansah, senkte dieser den Blick. Es war Leon klar, daß sie beide wußten, was ihm bevorstand, und innerlich war er ihnen dankbar für ihre Anteilnahme. Besser fühlte er sich allerdings auch dann nicht, als er mit dem Frühstück fertig war und zum Telefon ging. Er rief den Taxistammplatz des Charing Cross-Bahnhofes an und fragte nach Harry Reynolds.

»Der hat heute nicht Dienst«, sagte der Mann, der abgenommen hatte. »Kann ich Sie irgendwo abholen, Sir?«

»Nein. Ich versuche, ihn zu Hause zu erreichen.«

Leon drückte die Gabel mit der Hand nieder und wählte neu.

Das Telefon läutete. Drüben beim Tisch tat Poiccart, als interessierte er sich für die Morgenzeitung. Und Manfred blickte angestrengt zum Fenster hinaus.

Das Telefon läutete mindestens ein dutzend Mal, bis abgehoben wurde. Harry Reynolds meldete sich. Seine Stimme klang müde.

»Guten Morgen«, sagte Leon. »Hast du geschlafen?«

Harry lachte. »Nein. Natürlich nicht. Was ist?«

»Kannst du mich hier abholen?«

»Wo hier? In der Curzon Street?«

»Ja.«

»Weißt du, daß ich keinen Dienst habe?«

»Ja. Ich habe erst die Taxinummer angerufen.«

»Well, wo willst du hin?«

»Raus zum Flughafen.«

Harry Reynolds sagte nichts darauf. Sekunden verstrichen. »Bist du noch dran, Harry?« fragte Leon. »Wenn du willst, ruf ich einen anderen.«

»Nein. Ich hole dich ab.«

»Gut. Ich warte hier auf dich, ja?«

»Ich brauche eine halbe Stunde, hörst du? Ich bin unrasiert. Okay?«

»Okay.«

Schweigen.

»Ist noch was, Harry?«

»Nein. Es ist nichts.« Harry Reynolds hängte ein.

Leon nahm den Hörer vom Ohr. Poiccart blätterte sofort um, und Manfred fing an, den Tisch abzuräumen. Das tat er sonst nie.

»Wenn du willst, kannst du meine Karte haben, Leon«, sagte er. »Tracy hat nicht viel für Fußball übrig.«

»Gutes Mädchen«, sagte Leon. »Nein, morgen seh ich mir Southwark United an. Es geht um den Abstieg.« Erst jetzt legte er den Hörer auf.

Inspektor Philander Dearborn sah ausgeschlafen, aber trotzdem unglücklich aus, als er an diesem frühen Morgen im kleinen Haus an der Curzon Street einen Besuch machte.

Poiccart empfing ihn an der Tür, wie er es immer tat. Als Butler, so glaubte er, hatte er den nötigen Abstand, sich ein besseres Bild von einem Besucher zu machen, als wenn er diesem als Gastgeber hätte gegenübertreten müssen.

Dearborn ließ sich natürlich von der distanzierten Freundlichkeit Poiccarts nicht mehr überraschen und trat sogar unaufgefordert ein. »Gonsalez hier?« fragte er direkt und unhöflich.

»Sehr wohl, Sir«, sagte Poiccart und deutete eine Verbeugung an. »Bitte, folgen Sie mir.«

Er ging vor dem Inspektor her in den Salon, wo Leon Gonsalez wartete.

Leon hatte den Vauxhall vom Fenster aus gesehen und wußte somit Bescheid.

»Well?« fragte er. »Ziemlich peinliche Angelegenheit, nicht wahr«, sagte er, und es war keine Frage.

Dearborn nahm den Hut vom Kopf und hieb ihn gegen seinen Mantel. »Sie hätten mich warnen können, Gonsalez!« stieß er zornig hervor. »Gut, ich nehme es Ihnen nicht übel, daß Sie mir gewisse Dinge verheimlichen, aber warum in aller Welt haben Sie mir nicht gesagt, daß Dease nicht der Mörder sein kann?«

Leon lächelte. »Erstens weiß ich erst seit gestern abend mit Gewißheit, daß er nicht der Mörder ist, und zweitens habe ich Ihnen am Telefon gesagt, daß Sie vorsichtig sein sollen. Er war am Tag nach dem Mord im Park, nicht wahr. Nach dem Verhör. Er wollte sich den Ort ansehen, wo man Bernard Slane gefunden hat.«

Dearborn nickte. »Er hat sogar einen Zeugen dafür. Seine Mutter. Er holte seine Mutter ab und ging mit ihr in den Park. Die alte Frau ist jetzt noch ganz begeistert von diesem Abenteuer.«

»Obwohl sich der Nebel lichtete, blieb der Boden feucht, und so ist es kein Wunder, daß an Deases ausgetretenen Latschen Blätter kleben blieben.«

»Und seine Mutter brachte ihn dazu, endlich neue Schuhe zu kaufen. Sie ging mit ihm in den Schuhladen, und danach lud er sie zum Abendessen ein. Dease beabsichtigte eigentlich, die Schuhe bis zur Altkleidersammlung einer wohltätigen Organisation aufzuheben. Aber nach näherem Begutachten entschied er sich dafür, sie doch lieber wegzuwerfen.«

»In den Müll hinter dem Albert Palace, wo die Schuhe dann von Roos gefunden wurden.«

»Richtig«, gab Dearborn grimmig zu. »Und jetzt sagen Sie mir nur nicht, daß Sie das alles schon die ganze Zeit gewußt haben, Gonsalez, sonst fahr ich aus der Haut.«

»Ich hatte wenig Zeit, über Dease nachzudenken«, erklärte Leon und ging ans Fenster. Unten hatte Harry Reynolds sein Taxi geparkt. Er stieg aus und winkte zum Fenster hoch.

Leon winkte zurück.

»Ich muß mich jetzt leider von Ihnen verabschieden, Dearborn«, sagte Leon und drehte sich vom Fenster weg.

Dearborn kniff die Augen zusammen. Prüfend sah er Leon an. »Wissen Sie, wer der Mörder ist?« fragte er.

Leon lächelte. »Harry Reynolds wartet unten«, sagte er. »Er wird mich zum Flughafen fahren.«

Der Inspektor hob die Brauen. »Könnte es sein, daß wir den Mörder im Flughafen verhaften können, Gonsalez?« fragte er. »Ich meine, etwas später vielleicht?«

»Das wäre wohl möglich, Dearborn«, entgegnete Leon Gonsalez, und seine Stimme klang plötzlich seltsam hart. »Aber lassen Sie sich nicht dazu hinreißen, uns zum Flughafen zu folgen! Halten Sie sich raus, Dearborn, sonst könnte es gut sein, daß Scotland Yard der Mörder durch die Lappen geht.«

Inspektor Dearborn kriegte rote Flecken im Gesicht, und eigentlich hatte er vor, noch etwas zu sagen, aber der Blick aus Poiccarts Augen, der in der Salontür stand, warnte ihn.

»Darf ich Sie hinausgeleiten, Sir?« fragte Poiccart und machte eine einladende Handbewegung, der Dearborn ohne zu zögern nachkam. Als Butler hat Raymond Poiccart etwas direkt Unwiderstehliches an sich, dachte er, als er das Haus verließ und draußen Harry Reynolds, dem Taxifahrer, begegnete.

»Morgen«, grüßte Dearborn. »Nebeliger Tag.«

Der Taxifahrer nickte, sagte aber nichts. Wahrscheinlich war bei ihm der Zorn über das unverschämte Verhör noch immer nicht verraucht.

Gegen zehn Uhr war kein Nebel mehr auf dem internationalen Lufthafen von London.

Sofort setzte reger Flugbetrieb ein, und Maschinen, die eine Weile über der Stadt gekreist hatten, landeten in schneller Reihenfolge. Unter ihnen befand sich auch eine Maschine der BSA aus Amsterdam, Holland.

Vom Lufthafen-Restaurant aus konnten sie die Maschine landen sehen, und Leon erhob sich vom Tisch.

»Ich hole sie ab«, sagte er. »Gepäck wird sie kaum viel dabeihaben.«

Harry Reynolds sagte nichts. Er starrte schon die ganze Zeit durch die große Fensterscheibe hinaus auf die Rollbahnen. Auch als Leon sich vom Tisch entfernte, blickte er nicht auf.

In der Flughafenhalle herrschte Hochbetrieb. Die Leute traten sich gegenseitig auf den Füßen herum. Seit Stunden hatte der Nebel den Flugverkehr nahezu lahmgelegt, und jetzt herrschte ein furchtbares Durcheinander. Leon gebrauchte seine Ellbogen, um zum Tor Nr. 6 zu gelangen, wo die Fluggäste aus Amsterdam erwartet wurden.

Leon war sicher, daß er Sidney Grain sofort erkennen würde, obwohl er sie nie zuvor im Leben gesehen hatte. Er stellte sich bei der Schranke auf. Die Fluggäste mußten zuerst zur Gepäckausgabe und durch den Zoll. Dann erst kamen sie durch das Glastor, das den Wartenden den Zutritt verwehrte. Zwei Polizeibeamte standen dort Wache und ließen niemand vorbei.

Die ersten Fluggäste waren ein Mann und eine Frau, die von einer Schar Kinder begrüßt wurden. Nach ihnen drängten sich die anderen heraus, und Leon stellte sich auf die Zehenspitzen, um besser sehen zu können. Trotzdem hätte er Sidney Grain wahrscheinlich verpaßt, wenn nicht sie ihn entdeckt hätte. Plötzlich tauchte ein Arm aus der Menge auf, dann ein schmales bleiches Gesicht, dem man den Schrecken der letzten Stunden ansehen konnte.

»Mr. Gonsalez!« rief die junge Frau und drängte sich mit ihren zwei Koffern durch die Menge. Leon ging ihr entgegen und legte schützend einen Arm um sie, als er sie erreichte.

»Wir haben Verspätung, nicht wahr«, sagte die Frau. »Oh, ich habe darum gefleht, daß dieses Flugzeug nie landen würde.« Sie hielt sich an Leons Arm fest. Ihre Augen füllten sich mit Tränen. »Warum nur hat er das getan?« fragte sie leise, und jemand stieß sie im Gedränge unabsichtlich an. Sie taumelte, und jetzt liefen ihr die Tränen über die Wangen.

»Er wird es Ihnen erklären können«, sagte Leon.

»Haben Sie mit ihm geredet?«

Leon schüttelte den Kopf. »Das war nicht notwendig«, sagte er. »Kommen Sie.« Er nahm ihr die beiden Koffer ab, und sie gingen zusammen quer durch die große Halle.

Harry Reynolds erhob sich von seinem Stuhl, als sie das Flughafen-Restaurant betraten. Mit zusammengepreßten Lippen blickte er ihnen entgegen. Leon merkte, wie der Griff an seinem Arm fester wurde. Sidney Grain verhielt zögernd ihren Schritt. Für einen Moment schien es, als hätte sie nicht mehr die Kraft, sich aufrecht zu halten, dann aber gab sie sich einen Ruck und lief auf Harry Reynolds zu.

Leon blieb zwischen den Koffern stehen und senkte den Kopf, während Harry Reynolds seine Tochter in die Arme nahm. Nur ein paar der Restaurantsgäste blickten herüber. Szenen wie diese waren in einem Flughafen nichts Ungewöhnliches. Eine Tochter kehrte von einem längeren Aufenthalt im Ausland zurück und vergoß aus lauter Glück über das Wiedersehen mit ihrem Vater Tränen.

Leon nahm die beiden Koffer wieder auf und trug sie hinüber zum Tisch am Fenster. Harry Reynolds, der eigentlich Richard Grain hieß, löste sich von seiner Tochter. Leon sah ihm an, daß er selbst den Tränen nahe war.

»Ich glaube, ich lasse euch jetzt allein«, sagte Leon, aber als er sich abwenden und davongehen wollte, hielt ihn der Taxifahrer zurück.

»Das ist nicht nötig«, sagte er. »Ich glaube, vielleicht wäre es besser, wenn du bleibst.« Er flüchtiges Lächeln glitt über das fahle Gesicht des Mannes. »Es könnte sonst gut sein, daß ich die Gelegenheit wahrnehme und ganz schnell einen Flug buche.«

Leon schüttelte den Kopf. »Das würde sich kaum lohnen«, sagte er. »Möglicherweise findest du einen Richter, der für deine Tat Verständnis aufbringt, Harry.«

»Richard.«

»Ja.« Leon nickte. »Dr. Richard Grain.« Er ging langsam davon und verließ das Restaurant. Draußen suchte er eine Telefonkabine auf und rief Scotland Yard an.

Man verband ihn mit Inspektor Dearborn.

»Der Mann wird sich stellen«, sagte Leon. »Sie brauchen nicht herzukommen.«

»Wollen Sie mir immer noch nicht sagen, wer er ist?«

»Dr. Richard Grain, der früher in Tetley eine gutgehende Vorortpraxis hatte«, sagte Leon müde. »Dann verließ ihn seine zweite Frau, und seine Tochter verliebte sich in einen Makler, der sich verspekulierte und deshalb zum Verbrecher wurde.«

»Slane«, entfuhr es Dearborn. »Und wer ist dieser Dr. Grain?«

»Er wird sich melden, Inspektor«, sagte Leon und hängte ein. Langsam ging er durch die Halle hinaus auf den Parkplatz. Dort stand das Taxi, mit dem er hergekommen war. Harry Reynolds befand sich auf seiner letzten Fahrt, und sie würde bei Scotland Yard enden.

Die Hände tief in den Taschen seines Mantels, schlenderte Leon Gonsalez zwischen den geparkten Autos hindurch zur Bushaltestelle. Die Sonne schien. Eigentlich war es ein schöner Herbsttag.

»Merkwürdig«, begann Leon Gonsalez, als er sich am Sonntagmorgen herabließ, seinen Freunden die Einzelheiten über den Fall Slane mitzuteilen, »merkwürdig, daß die Polizei niemals daran gedacht hat, in Tetley Nachforschungen über Bernard Slane anzustellen. Er bewohnte dort zwei Jahre lang ein großes Haus. Wäre dies Dearborn in den Sinn gekommen, hätte er bestimmt die Geschichte von Dr. Grain vernommen, dessen schöne Tochter sich in den Makler Bernard Slane verliebt hatte, und von dem harten Schicksalsschlag, der den guten Arzt vor etwas mehr als vier Jahren getroffen hatte.«

»Seine Tochter lief mit Slane auf und davon«, sagte Manfred.

»Falsch. Seine Frau lief ihm davon. Mit allen Ersparnissen. Aber das war nicht genug. Man erwischte Bernard Slane, den Verlobten seiner Tochter, bei einem Banküberfall und verurteilte ihn zu einer langjährigen Gefängnisstrafe.«

»Als Arzt und als Bürger einer kleinen Vorortgemeinde war Richard Grain danach erledigt«, sagte Poiccart. »Verständlich, daß er es vorzog, in der Großstadt unterzutauchen, wo niemand seine Vergangenheit kannte.«

»Er war nahezu mittellos. Aber seine Tochter verdiente sich das Studium und ergriff einen gutbezahlten Beruf«, erklärte Leon. »Sie ließ ihm etwas Geld zukommen, damit er sich ein gebrauchtes Taxi kaufen konnte. Er nannte sich fortan Harry Reynolds, und er schaffte es, die Vergangenheit zurückzulassen. Er arbeitete hart und gönnte sich wenig. Als sein altes Auto den Geist aufgab, hatte er genug Geld zusammengespart, um sich ein neues zu kaufen. Das war vor einem Jahr.«

»Und dann wurde Bernard Slane entlassen«, sagte Manfred und Leon nickte.

»Er erfuhr davon. Durch Beziehungen aus der Unterwelt. Er wußte, daß sich seine Tochter wieder mit Slane traf, und daß sie nach seiner Entlassung sogar eine Woche zusammen in der Schweiz verbracht hatten, und zwar als Mrs. und Mr. Wilbraham. Er vernahm auch, daß sie ihm die erste Wohnungsmiete entrichtete und daß er Geld in Alkohol umwandelte, das nur von seiner Tochter Sidney stammen konnte. Slane suchte zwar tatsächlich nach Arbeit, aber die Zeiten sind schlecht und die Versuchung war groß, wieder mit alten Bekannten Verbindung aufzunehmen. Er traf sich in Sunny's Restaurant mit einem ehemaligen Zellengenossen, der wiederum Verbindung mit der Verbrecherorganisation des Gelben Drachen hatte. Dieser Mann war Stephen Garvin.«

»Und den hat er umgebracht, als er sich von Scotland Yard und von dir bedrängt fühlte«, rätselte Poiccart.

»Nein. Der Mord geht nicht auf sein Konto. Stephen Garvin hat irgendeinen Fehler gemacht, für den er bezahlen mußte.«

»Dann wurde er von dem Gelben Drachen liquidiert?« fragte Poiccart.

»Richtig.«

»Und Slane?«

»Den hat Harry Reynolds umgebracht. Er nahm ihn beim Marble Arch auf, nachdem Slane den Abend mit Sidney verbracht hatte. Sie trafen sich regelmäßig in einer kleinen Kneipe in der Nähe des Hydeparks. Harry hat das herausgefunden, und er lauerte Slane auf. Eigentlich wollte er ihn nur davon abhalten, sich weiterhin mit seiner Tochter einzulassen.

Slane erkannte den Taxifahrer nicht. Er hatte den Mann seit bald fünf Jahren nicht mehr gesehen, und damals war Harry Reynolds ja noch der Chirurg Dr. Richard Grain gewesen, mit einem modischen Vollbart und ohne eine spekkige Schildmütze auf dem Kopf. Harry fuhr Slane in die Regent Street. Dort suchte Slane die Kneipe von Sunny Cotton auf und trank auf Kredit einige Whiskys hintereinander. Er ließ Harry draußen warten. Als er zurückkehrte, war er zumindest besäuselt. Harry hielt beim Green Park an. Er gab sich jetzt zu erkennen und verlangte von Slane, die Hände von seiner Tochter zu lassen. Da wurde Slane handgreiflich und Harry Reynolds verlor ebenfalls die Nerven. Er hatte automatisch einen Schraubenschlüssel ergriffen, den er als einzige Waffe für den Notfall im Türfach stecken hatte. Damit schlug er auf Slane ein und tötete ihn, um sein eigenes Leben zu retten.« Leon brach ab und blickte seine beiden Parnter an. »Das mag wahr sein oder nicht – wer kann das wissen.«

»Und was passierte mit dem Toten?«

»Nun, Harry blieb kühl bis zum Schluß«, erklärte Leon. »Er brach mit einem Wagenheber das Parktor auf, trug den Toten zum Stuhl beim Pavillon und setzte ihn darauf nieder. Dann nahm er Slanes Schlüsselbund aus dessen Manteltasche, stieg unbeobachtet in sein Taxi und fuhr zum Albert Palace zurück. Er parkte sein Taxi auf der gegenüberliegenden Straßenseite vor dem Portal. Irgendwann, so wußte er, würde jemand nach Hause kommen. Er hatte die Gewohnheiten Slanes seit Tagen beobachtet und wußte auch, daß dieser immer nur die Treppe benützte, während die anderen Mieter vom Portier mit dem Aufzug gefahren wurden. Lange brauchte er nicht zu warten.«

»Mr. Fredericks und seine Familie kamen nach Hause.«

»Richtig. Und John Warren Dease fuhr sie nach oben. Harry verließ sein Taxi, stürzte sich in aller Eile die Treppe hoch und öffnete die Tür zu Slanes Wohnung. Eigentlich war es seine Absicht, die Wohnung zu durchsuchen, um alles an sich zu nehmen, was den Namen seiner Tochter hätte kompromittieren können. Dann hörte er aber den Portier im fünften Stock ›Gute Nacht‹ rufen. Er warf die Tür zu, flog die Treppe hinunter und war nur einige Sekunden vor dem Portier in der Halle.«

Manfred und Poiccart blickten sich überrascht an. So,

wie es Leon ihnen erklärte, klang es einleuchtend. Ein Wunder, daß Leon nicht schon früher darauf gekommen war, dachte Poiccart.

»Und wie bist du auf Sidney Grain gestoßen?«

»Harry hat mich darauf gebracht«, sagte Leon, und er erzählte ihnen alles. »Nachdem ich die Vergrößerung hatte, ließ ich mich von Harry abholen, und da bemerkte ich auf dem Armaturenbrett eine Postkarte. Sie lag so, daß ich die Briefmarke sehen konnte und die Unterschrift. Sidney Grain, und die Marke war eine der holländischen Luftpost. Nun hatte ich die Vergrößerung eines Fotos aus besseren Zeiten. Der Jaguar war Dr. Grains Fahrzeug. Die Aufnahme wurde bei einem Sonntagsausflug geknipst, und Dr. Grain stand zufällig seitlich hinter seiner Tochter. Ich hatte sein Spiegelbild, und außerdem wußte ich, daß er seine Tochter vorübergehend aus London weggeschickt hatte.«

»Aber Sidney wurde nicht mit dem schrecklichen Geheimnis fertig«, sagte Manfred. »Sie rief in Slanes Wohnung an und dann hier.«

Leon nickte. »Es war nicht einfach für sie«, sagte er. »Immerhin ging es um das Leben ihres Vaters.« Leon lehnte sich zurück und schlug die Beine übereinander. »Was ist, kommt einer von euch am Nachmittag mit zum Spiel?« fragte er plötzlich.

Poiccart und Manfred schüttelten beide den Kopf. Da griff Leon nach dem Hörer und wählte Philander Dearborns Privatnummer . . .

Edgar Wallace

Nacherzählt von Alex Barclay

Das Silberne Dreieck und Der Sänger in der Kirche

Junge Amateurdetektive sollten auch nach diesem Band fahnden. Vielleicht merken sie eher als der ewig verschnupfte Inspektor Dearborn, wer der Täter ist. Schon schwieriger wird es sein, das Kombinationstalent des Silbernen Dreiecks zu übertreffen. Aber Spaß und Spannung sind zwei Ergebnisse, die sich bei der Lektüre auf jeden Fall einstellen werden.

C. Bertelsmann Jugendbuch